Mitos, relatos y leyendas de todo San Luis Potosí

Homero Adame

Fotografías:	Archivo fotográfico de Homero Adame
Portada:	Vértice de cuatro estados, Aquismón, Matehuala, Rioverde y San Luis Potosí.
P. 15:	Límites septentrionales del municipio de Vanegas.
P. 53:	San Luis Potosí.
P. 89:	Tamul, municipio de Aquismón.
P. 147:	Guaxcamá, municipio de Villa Juárez.
Contraportada:	Salinas, Xilitla, San Luis Potosí y Cerro de San Pedro.

Diseño editorial: K. Árkviachz

ISBN: 978-607-29-4978-2

Sistema de clasificación Dewey
398.2. Literatura folklórica

Clasificación THEMA
QRY - Otros sistemas de creencias mexicana.

1ra. edición: noviembre de 2023. 182 pp.
2a. edición: febrero de 2024. 186 pp..

"Una manera de contar la historia
es haciéndolo a través
de las leyendas".

Don Evaristo

Tabla de Contenido

INTRODUCCIÓN 11

REGIÓN ALTIPLANO

CATORCE
El caballo blanco y el caballo negro con jinete 17
CEDRAL
La Taconuda y un carretón 19
CHARCAS
El Jergas 21
GUADALCÁZAR
Una mujer vestida de blanco en la Casa de Moneda 23
MATEHUALA
Fue a vender dulces al panteón 25
El columpio de Satanás 26
Tana Medrano 28
MOCTEZUMA
Un hombre tumbó a una lechuza 29
SALINAS
El curro y la mujer vestida de novia 31
SANTO DOMINGO
Bolitas de lumbre y un aquelarre 33
VANEGAS
La Llorona 35
VENADO
Ruidos de cadenas 37
VILLA DE ARISTA
El carro fantasma 39
VILLA DE GUADALUPE
La culebra 41
La sierpe de siete cabezas 42
VILLA DE LA PAZ
Las borregas que pusieron a un geólogo en ridículo 45
El Jergas 47
VILLA DE RAMOS
La carreta encantada 49
VILLA HIDALGO
El judío errante 51

REGIÓN CAPITAL

AHUALULCO
"Todo o nada"   55

ARMADILLO DE LOS INFANTE
La virgen de la Purísima Concepción   57

CERRO DE SAN PEDRO
El Grafes   59

MEXQUITIC DE CARMONA
Cómo los españoles subyugaron a los huachichiles   61

SAN LUIS POTOSÍ
El señor del Saucito   63
Un tesoro en el Palacio Mercantil   65
La bailarina   67

SAN NICOLÁS TOLENTINO
Antes asustaban en la iglesia   69
Los Capas blancas   70

SANTA MARÍA DEL RÍO
El túnel y el monje emparedado   73

SOLEDAD DE GRACIANO SÁNCHEZ
No creía en las brujas   75

TIERRA NUEVA
El ánima de un sacerdote   77

VILLA DE ARRIAGA
Una momia   79

VILLA DE POZOS
Un túnel   81

VILLA DE REYES
Cumplió una manda para recibir un tesoro   83
Tragedia en Jesús María   85

ZARAGOZA
Una mujer vestida de blanco   87

REGIÓN HUASTECA

AQUISMÓN
Historias de la conquista   91

AXTLA DE TERRAZAS
Los siete ahogados   93

CIUDAD VALLES
Una mujer de blanco afuera del panteón   95
Cuevas en Abra Tanchipa   97

Coxcatlán
Un brujo que debía muchas vidas — 99

Ébano
El cerro de La Pez — 101

El Naranjo
Por qué El Naranjo se llama así — 103

Huehuetlán
El hombre Mám — 105
Milagros de san Diego — 107

Matlapa
La Llorona — 109

San Antonio
La campana enterrada y los duendes — 111

San Martín Chalchicuautla
Cómo llegó la imagen de san Martín — 113
Una bruja nahua — 115

San Vicente Tancuayalab
Los huehues: un legado de Xantolo — 117
El hacedor de lluvias — 119

Tamasopo
Los habitantes luminosos del Puente de Dios — 121
Un tesoro en el Espinazo del Diablo — 123

Tamazunchale
Apariciones en el antiguo hotel — 125

Tampacán
Ekwet, la chachalaca — 127
Dos tesoros en una joya — 129

Tampamolón Corona
No creía en la fiesta de Todos los Santos — 131

Tamuín
La luz de un garrotero — 133

Tancanhuitz de Santos
Abdhi', el espíritu del fuego — 135

Tanlajás
Los pak'an y los lints'i' — 137

Tanquián de Escobedo
El muchacho flojo que aprendió a trabajar — 139

Xilitla
Un caballo chiclán y la señorita Almaraz — 143

Dos tipos de espanto   145
Edward James en Las Pozas   146

REGIÓN MEDIA
ALAQUINES
El Santo Entierro   149
Dos cuevas encantadas   151
CÁRDENAS
Túneles y tesoros en la ex hacienda de San Nicolás   153
CERRITOS
No era un fantasma   155
CIUDAD DEL MAÍZ
Apariciones, ruidos y túneles   157
Curaciones milagrosas   159
CIUDAD FERNÁNDEZ
Algunos milagros del Dulce Nombre de Jesús   161
Túneles y tesoros   163
LAGUNILLAS
Un milagro de san Antonio   165
Aquelarres en el río Pinihuán   167
RAYÓN
La campana perdida   169
RIOVERDE
Un vampiro   171
La pastorcita   173
SAN CIRO DE ACOSTA
Un charro negro   175
SANTA CATARINA
El origen de la humanidad   177
El demonio anda suelto   179
VILLA JUÁREZ
Abrieron una de las puertas del infierno   181
Santa Gertrudis   183

AGRADECIMIENTOS   185

INTRODUCCIÓN

Tanto el mito como la leyenda suelen ser narraciones cortas y concisas con uno o pocos personajes. A través de ellas, quien cuenta una historia explica a sus escuchas el porqué de un fenómeno natural, recrea un suceso o, bien, enaltece las gestas de un héroe cultural y, al hacerlo, utiliza un lenguaje poco elaborado y, en ocasiones, hasta ingenuo. Ambos géneros se diferencian del relato porque éste tiende a ser más extenso y casi siempre incluye más personajes.

Antes de echar un vistazo a cada género, de acuerdo con la clasificación que se le da, mencionemos brevemente a la historia como disciplina que se ocupa de documentar los hechos, los acontecimientos que han sucedido en una época concreta, en un lugar o en una cultura determinada. La historia es una ciencia social con características rígidas que aporta fechas, datos y referencias para sustentar lo que pretende explicar o dar a conocer con un lenguaje literal. Es la antípoda del mito, el cual bien nutre a la leyenda y al relato con su lenguaje sencillo, alegórico y lleno de fantasía y que puede incluir elementos históricos, comprobados o no.

MITO: es una narración que describe, cuenta y recuenta sucesos como si en realidad hubieran ocurrido *in illo tempore* ("en aquel tiempo"). Una de sus funciones es la de explicar el origen del universo, del sistema solar o lo que se considera sobrenatural en el cosmos o en el planeta, como son el dios omnipresente o el dios ausente (según la perspectiva de cada grupo cultural) que deja en encargo a las deidades para que hagan su trabajo. También explica los orígenes de la humanidad o de una civilización, sus héroes culturales, sus creencias religiosas, etc. Tiene como propósito aclarar asuntos que en ocasiones son totalmente ajenos a la ciencia o a la historia; de hecho, el MITO es algo así como "la ciencia" de una edad pre-científica o, dicho de otro modo: el MITO podría ser considerado como "documento viviente de la prehistoria". Entonces, apuntemos que los MITOS hablan de:

- el origen del universo, las estrellas o los planetas: por ejemplo, cómo y quién creó al Sol, a la Luna, a la Tierra o por qué algunas constelaciones tienen una figura que nos parece familiar;
- los dioses y las deidades: por ejemplo, quiénes son, qué características tienen y cómo es su relación con los seres humanos o con la naturaleza;
- los fenómenos naturales: por ejemplo, cuál es el significado de los remolinos de tierra o por qué se producen rayos durante las tormentas;
- la creación del ser humano: por ejemplo, la razón por la cual una raza tiene características muy definidas y diferentes a otras razas;
- ciertos lugares simbólicos que suelen ser puntos de referencia: por ejemplo, cómo se formó un río o por qué una montaña tiene determinada forma;
- los animales: por ejemplo, por qué algunos presentan cualidades muy particulares como es la visión nocturna del tecolote y la creencia de que es muy "sabio";
- las plantas: por ejemplo, las propiedades medicinales o mágicas de algunas de ellas, como el peyote o el toloache, siempre y cuando en la narración se incluyan situaciones divinas y/o rituales;
- los rituales y las ceremonias: por ejemplo, cómo empezaron y por qué la gente continúa ejecutándolos. Esto incluye algunos aspectos del folklore, así como ciertos asuntos relacionados con la religión.

Aquí es importante aclarar que no todas las historias que explican los orígenes de algo se definen como MITOS, pues para serlo deben tener un antecedente de carácter divino, por ejemplo, a Dios como protagonista principal, o bien, a las deidades u otros seres celestiales como protagonistas principales o secundarios. Cuando ninguno de éstos aparece mencionado, tal historia es clasificada como leyenda o como relato folklórico (cuento popular). Asimismo, tenemos que dejar en claro que, no por incluir a dioses y deidades, los MITOS son parte de la religión; por el contrario, ésta se nutre de los MITOS para abarcar aspectos más universales.

LEYENDA: sus orígenes son cristianos de cuando, durante los servicios religiosos o las sobremesas, los frailes narraban o leían en voz alta la vida y obra de un santo o un mártir. Con el paso del tiempo, la LEYENDA como concepto tomó otro giro, pues al añadírsele motivos de mitología y al haberse popularizado se convirtió en el relato folklórico de eventos reales o fantásticos protagonizados por un héroe humano, conocido como héroe cultural. Por eso, ahora a la LEYENDA se le considera como una narración basada en supuestos hechos, con una mezcla de elementos tradicionales y dramáticos que habla de una persona, un lugar específico o algún incidente ocurrido en un tiempo determinado; hechos que son tomados como reales por narradores y escuchas. Aun más: en ocasiones la LEYENDA se compone de una combinación de hechos reales y ficticios teniendo como punto de partida una anécdota o una situación históricamente verídica.

Aunque la LEYENDA sea ubicada en un lugar específico y/o en una época concreta y que parta de hechos que fueron reales aunque estén idealizados o dramatizados, se diferencia de la historia propiamente dicha tanto en el énfasis de la narración como en su propósito —algunas veces es de tipo didáctico o nacionalista— para con ello dar confianza a un pueblo en sí mismo durante momentos en que se requiere un hito de seguridad para enfrentarse y sortear una situación determinada. Cuando se cuenta una LEYENDA y con el tiempo se consolida en el folklore de un pueblo, éste la adopta como suya y por eso se le considera como un patrimonio popular, pues va estrechamente vinculada a un pueblo concreto, a un país o a una religión. Sin embargo, la LEYENDA también puede ser considerada como patrimonio de la humanidad cuando narra eventos comunes para todas o varias culturas como pueden ser las historias de gigantes o las del diluvio universal.

RELATO: también conocido como relato folklórico, se presta a diversas interpretaciones, dependiendo de la cultura que lo defina. *Grosso modo* puede explicarse como cualquier narración tradicional que incluye motivos de mitología y elementos de leyenda, pero debido a su extensión —suele ser más largo que el mito o la leyenda— se convierte en una especie de cuento popular o tradicional sin llegar a ser novela.

El RELATO también se transmite de forma oral y no tiene necesariamente una virtud de originalidad; al contarse de voz en voz puede perder muchos de sus símbolos originales o se le pueden agregar nuevos elementos, dependiendo de quien lo cuente y cómo lo haga.

Ahora bien, dada la riqueza cultural y la diversidad étnica, en el estado de San Luis Potosí se cuentan infinidad de historias muy variadas que abarcan el gran espectro de la mitología y el folklore del mundo entero. No son simples pláticas de fantasmas o aparecidos, de castigos divinos, de tesoros y túneles, de milagros o apariciones de santos y vírgenes, de la creación del mundo, de animales, del ser humano o de creencias en torno al clima y los fenómenos naturales. Son más que eso: tales historias contemplan los arquetipos de teofanías y hierofanías, explican el pensamiento mágico-religioso o las supersticiones, hablan del tiempo mítico, del tiempo profano, del tiempo sagrado, recrean una paradoja temporal, narran hazañas de personajes heroicos –humanos o animales– y, de tal modo, ponen a San Luis Potosí en el contexto de la mitología universal.

Casi todas las historias seleccionadas para este libro, y escritas en un estilo personal, no son exclusivas de una ciudad o de un municipio de San Luis Potosí, y ni siquiera de México, ya que muchas se cuentan en diversas partes del mundo, a pesar de tener diferencias de contenido y hablar de contextos geográficos distintos. La mitología y la tradición oral son universales, aunque en muchos casos pueden ser nacionales, regionales o locales. Por ejemplo, las historias de gigantes se cuentan en todo el mundo; las de la Llorona, en todo México; las del Jergas, en centros mineros del país; las de Xantolo, en varios lugares de la Huasteca, y la de la Taconuda, solamente en Cedral.

Para finalizar, la presente obra es una edición revisada, corregida, actualizada y aumentada de la coedición publicada por las secretarías de Educación y de Cultura del estado de San Luis Potosí en 2007 cuyo título era *Mitos, relatos y leyendas del estado de San Luis Potosí*. Para esta nueva edición se modificó el título, se conservaron todas las historias ya publicadas, se añadieron algunas inéditas y se incorporó una del nuevo municipio, Villa de Pozos. Espero que los lectores las disfruten y les motiven a contar éstas u otras leyendas.

Homero Adame
Verano 2025

REGIÓN
ALTIPLANO

¿Buscas más leyendas?

Visita: https://adameleyendas.wordpress.com/
o
https://mitosyleyendasdemexico.blogspot.com/

Escribe a: leyendasdemexico@gmail.com

Catorce

EL CABALLO BLANCO Y EL CABALLO NEGRO CON JINETE

En todo el mundo, y en México también, existen leyendas de caballos fantasma que repentinamente aparecen en ciertos lugares. Esas apariciones son todo un misterio, pues algunas veces los caballos llevan jinete y en otras van a trote o galopando solos. Cuando alguien los ve, sabe que se trata de algo inexplicable, pues el o los caballos son desconocidos, es decir, no pertenecen a nadie de la población.

Hasta hace algunos años, en Real de Catorce era habitual que, durante las reuniones nocturnas, los lugareños platicaran una leyenda acerca de un caballo muy conocida localmente. Una versión menciona a un caballo blanco y otra a un caballo negro. Tal vez se trate de leyendas diferentes, pero en contenido tienen muchas similitudes y en ocasiones se mencionan a ambos caballos en la misma historia, dependiendo de quien la cuente y cómo la cuente.

Dicen que el caballo blanco, muy bonito y elegante, sale de la nada a medianoche, va solo, sin montura ni jinete y trota por toda la calle Lanzagorta hasta perderse en el interior del túnel Ogarrio. Otras personas que les ha tocado verlo aseguran que anda a todo galope y despide un aroma como si su sudor fuera azufre; da vuelta en la plaza, continúa por toda la calle Lanzagorta, franquea por un lado de la iglesia y luego se desvanece en el túnel. Cuentan que antiguamente los vecinos que vivían por ahí oían el sonido de los cascos al pisar las piedras e incluso se asomaban por las ventanas para verlo pasar, pero nadie se atrevía a seguirlo porque estaba al tanto de que era una aparición fantasmagórica.

Por su parte, se dice que el caballo negro, tan oscuro como la noche sin luna, sí lleva jinete y se ve como una sombra misteriosa que rompe la quietud del ambiente –en Real de Catorce las noches suelen ser muy tranquilas y silenciosas, salvo por el canto de los grillos y el tecuruqueo de los tecolotes. Unas versiones mencionan que va siguiendo al caballo blanco, a pocos metros atrás y más adelante éste desaparece en la entrada del túnel, mientras que el caballo negro cruza el túnel y sale en Dolores Trompeta porque allá también lo han visto. Dolores Trompeta es un lugar deshabitado, pero en ocasiones algunos vendedores ambulantes se quedan a pasar la noche y ellos son quienes cuentan que solamente el caballo negro con su jinete sale allá y en ese punto nunca han visto al caballo blanco.

La leyenda o leyendas de ambos caballos, aunque son muy antiguas y se platicaban cotidianamente en el pasado siguen vigentes, pues hace poco unos comandantes vieron al caballo blanco y cuentan que cayeron desmayados del miedo de ver a ese animal porque es la mera aparición.

El pueblo minero de Real de Catorce ha tenido varios nombres a lo largo de su historia. Primeramente, a mediados del siglo XVIII, se le conocía como Paraje de los Alamillos; en el año de 1772 le otorgaron el nombre de Real de Nuestra Señora de la Concepción de Guadalupe de Álamos; siete años más tarde, en 1779, cambió a Real de la Purísima Concepción de Catorce, y a partir de la Independencia, se le conoce como Real de Catorce y es cabecera del municipio de Catorce. Vale añadir que éste es uno de los municipios potosinos cuyo nombre no es exactamente igual al de su cabecera, el otro es Ahualulco del Sonido 13.

Una versión del origen de este nombre se basa en una leyenda que habla de catorce hombres que andaban explorando en esos rumbos y descubrieron los primeros yacimientos de plata, lo cual dio pie a la fundación del Real.

CEDRAL

LA TACONUDA Y UN CARRETÓN

Muchas leyendas de aparecidos se cuentan dentro de un contexto muy local, es decir, son leyendas propias de un pueblo. Por ejemplo, una de las más conocidas y exclusiva de Cedral es la Taconuda. Por otra parte, hay leyendas que son más regionales o incluso nacionales o mundiales, y como buen ejemplo es la de un carretón o carreta que se oye pasar por algún lugar; los habitantes de Cedral también cuentan algo así.

Hasta hace algunos años, cuando en Cedral había pocos habitantes, la luz eléctrica era escasa, no tenían televisores en los hogares, la gente acostumbraba irse temprano a dormir y eso hacía que las noches fueran silenciosas salvo por los ruidos nocturnos y los ocasionales ladridos de los perros. Decían que por toda la calle de Galeana se oía como si pasara una mujer. Le decían la Taconuda porque sus pisadas sonaban como si fueran producidas por el típico sonido de los tacones. Cuando se asomaban a la calle para ver quién era, nadie veía nada, pero el ruido de los tacones seguía y seguía hasta dejar de oírse en la distancia. Los más curiosos y aventureros tenían el valor de ir detrás del misterioso sonido, oyendo el eco a lo largo de la misma calle, y se daban cuenta de que cruzaba las vías del ferrocarril para luego desvanecerse en el panteón. Unos muchachos inclusive una vez regaron cal o harina sobre el suelo para ver si los tacones dejaban huellas, pero cuando el ruido dejó de oírse en la puerta del panteón, no encontraron ninguna evidencia en el camino blanco que habían marcado.

Nadie ha podido explicar qué es ese ruido de tacones ni por cuál razón se oye, pero el hecho que deje de oírse justo en el panteón parece indicar que se trata de un ánima en pena que sale a pasear envuelta en el misterio nocturno, recorre los sitios que le eran habituales cuando vivía y finalmente regresa a su tumba.

Asimismo, en Cedral cuentan otra leyenda sobre otro ruido inexplicable. Dicen que, en ciertas noches, por la calle Escobedo se oye un sonido como de un carretón que baja lentamente por toda la calle, da vuelta en una esquina y va a perderse también en el panteón. Nadie ha podido determinar qué es, pues sólo se percibe el traqueteo de las ruedas que van dando vuelta y vuelta; es un traqueteo parsimonioso, rítmico, pero no se oyen pisadas de personas o de animales que lo vayan jalando. Cuando lo oyen, la gente sale a ver y cae en cuenta de que no es nada; la calle está vacía y por ninguna parte se distingue carreta ni vehículo de tracción animal o motorizado. Sin embargo, muchos piensan que debe tratarse del eco de una carreta que solía transitar por ahí hace muchísimos años o de una carreta funeraria que llevaba a los muertos al panteón.

En sus inicios, a Cedral simplemente se le conocía como Hacienda Vaquera, según consignó el cronista franciscano José Arlegui, en 1726. En el año de 1795, los frailes franciscanos le cambiaron el nombre por el de Santa María de la Asunción del Cedral, la patrona de la localidad. A partir de la época del México independiente, hacia 1826, tanto la ciudad como el municipio se llaman Cedral.

Su nombre tal vez se deba a que en la antigüedad hubo muchos cedros en los alrededores, pero durante el gran auge de las minas en Catorce y en La Paz talaron indiscriminadamente los bosques y así se extinguieron las poblaciones de cedro y de muchas otras especies.

Charcas

EL JERGAS

En todos los centros mineros del mundo existen creencias y supersticiones relacionadas con el interior de la Tierra, con la oscuridad, con los yacimientos. Por tal razón hay muchas leyendas de uno o más espíritus que cuidan las minas y viven adentro de ellas. El Altiplano potosino ha sido, desde la época colonial, gran productor de plata y de otros metales preciosos. Las zonas mineras más importantes están ubicadas en los municipios de Catorce, Charcas, Guadalcázar y Villa de la Paz y en todos esos lugares se cuentan leyendas de un personaje conocido como Jergas.

Una de las tantas versiones de las leyendas que tienen al Jergas como protagonista explica que se trata de un espíritu que bien puede ayudar a un minero en desgracia o, por el contrario, puede hacer que caiga en desventura. El Jergas es un espíritu de carácter dual, puede ser bueno o malo, dependiendo de a quien se le aparezca. Dicen que este espíritu casi siempre le sale a un minero que anda solo en algún socavón. Cuando el Jergas anda de buenas, lleva al minero a las vetas vírgenes y le ofrece riquezas; si encuentra a un minero accidentado, lo carga y lo saca para que sus compañeros lo auxilien. Pero si anda de malas, hace que el minero se pierda y no pueda salir.

Cuentan en Charcas que en una de las minas había terminado el turno y los mineros iban de salida, pero uno de ellos se retrasó un poco porque había olvidado su lonchera. Ya venía casi saliendo cuando de pronto oyó que alguien le dijo: "Oye, Juan, ven", y se regresó porque pensó que algún compañero necesitaba ayuda. Entonces se topó con un minero desconocido que traía ropas viejas, de color muy oscuro como si estuviesen manchadas de tizne, botas muy raras y casco con lámpara de carburo, como se usaba antiguamente. Ese extraño minero le dijo que lo siguiera, pues le iba a señalar dónde existía una veta de plata muy rica. Sin embargo, Juan se dio cuenta de que tan singular personaje misterioso no podía ser otro sino el Jergas y prefirió buscar la salida lo más pronto posible. Una vez afuera, les contó a sus compañeros que acababa de ver al Jergas, pero nadie le creyó.

Al día siguiente, bajaron todos a la galería donde andaban trabajando y, a pesar de la poca luz que había, de repente vieron que Juan salió volando como si lo jalaran hacia el techo de esa galería. Sus compañeros se asombraron muchísimo porque Juan quedó sentado en una saliente adonde era prácticamente imposible subir o bajar. Unos mineros salieron a la superficie a dar aviso del "accidente" y luego regresaron con unos ingenieros que traían equipo especial de rescates. Incluso los ingenieros mismos no podían explicar cómo le hizo Juan para subirse hasta allá, pues ni con escalera había posibilidad de llegar a ese punto. Con gran esfuerzo, lograron bajarlo de aquella saliente y desde entonces Juan ya no volvió a trabajar en las minas porque entendió que el Jergas le quiso hacer un regaló y él lo rechazó, y por tal motivo el Jergas lo castigó.

La fundación de Charcas Viejas fue en 1573, cuando descubrieron las vetas minerales en esta región. Sin embargo, por falta de agua y debido a los constantes ataques de los nativos huachichiles, la población fue reubicada once años después a su asentamiento actual y la nombraron Real de la Natividad de Santa María de las Charcas. En el presente, tanto el municipio como la ciudad se llaman simplemente Charcas.

Su nombre no surge porque en los alrededores o en la región existan muchos charcos, sino que se debe a una zona minera muy importante en Sucre, Bolivia, la cual tiene características geográficas similares a las de Charcas.

GUADALCÁZAR

UNA MUJER VESTIDA DE BLANCO EN LA CASA DE MONEDA

En todo el país cuentan leyendas de mujeres que aparecen en ciertas noches, cubiertas con túnicas blancas o con vestidos del mismo color y normalmente se habla en singular, pues a ella la conocen como la mujer de blanco. Esta aparición o fantasma tiene características semejantes a la famosa Llorona, pero como no llora, es de suponerse que se trata de otra ánima en pena.

Cuentan en Guadalcázar que han visto a una mujer de blanco caminar por la calle y entrar a la antigua Casa de Moneda. Sin embargo, muchas personas dicen que más bien es una monja ataviada con su hábito blanco.

Una noche tranquila de luna llena estaban varios amigos platicando en la plaza Hidalgo cuando uno de ellos vio a la mujer de blanco; nadie más la vio, sólo él. Les dijo a sus compañeros que acababa de ver a una mujer vestida de blanco caminando sola por la calle Zaragoza y que había dado vuelta en la esquina de la calle Pino Suárez, como si se dirigiera hacia la escuela, donde estuvo la Casa de Moneda. Nadie le creyó. De todos modos, el muchacho añadió: "Ya verán, voy a seguirla para ver quién es y a dónde va".

Como ese muchacho era muy aventado, con valentía se fue siguiendo a la mujer de blanco hasta casi alcanzarla, mientras que los amigos, más por broma y no tanto por creer que fuera verdad, caminaron detrás de él. Como aquél les llevaba ventaja, advirtió que la mujer se esfumó en la Casa de Moneda, pues atravesó la puerta que estaba cerrada.

En eso lo alcanzaron sus amigos y les explicó cómo la enigmática mujer había cruzado la puerta como si nada, como si estuviera abierta. Ellos, burlándose porque pensaron que eran puras fantasías, le preguntaron muchas cosas y el muchacho respondió a casi todas las preguntas y les dio detalles del vestido blanco, el cual parecía como un hábito de monja, según dijo. Ninguno le creyó, pero otro de los amigos contó que su abuelo platicaba exactamente lo mismo, pues según decía, la Casa de Moneda había sido una escuela religiosa y tal vez una monja murió ahí en aquel tiempo. Los demás se quedaron en silencio, pero tampoco quisieron creer en eso. Minutos después, sin embargo, las campanas empezaron a doblar solas y todos las oyeron. Caminaron hasta la parroquia de san Pedro y las campanas seguían tañendo, pero lo raro es que no era hora de misa ni había alguien que estuviera tocándolas. Todos sintieron mucho miedo y cada uno mejor se fue a su casa.

Dicen en Guadalcázar que eso de las campanas de la parroquia de san Pedro es muy extraño, pues en ocasiones suenan solas, como a las cuatro de la tarde y también a media noche, precisamente cuando han visto a la mujer de blanco, pero no es el sonido de las campanas del reloj que repican cada quince minutos y luego dan la hora. Es un misterio que nadie puede explicar.

Con el descubrimiento de las minas, en 1608, se fundó la Villa y Minas de San Pedro, nombre que en 1616 fue cambiado por el de Real de Guadalcázar, en honor al Virrey que en ese tiempo gobernaba la Nueva España. Desde la Independencia y la asignación de municipios, tanto la ciudad como el municipio se llaman Guadalcázar.

Su nombre es de origen árabe y está compuesto por dos vocablos: "Guada", que significa río y "Alcázar", que significa fortaleza.

MATEHUALA

FUE A VENDER DULCES AL PANTEÓN

Hay anécdotas que con el paso del tiempo, y al contarse de voz en voz, se convierten en leyendas, pues llega el momento que es difícil precisar si se trata de una historia sucedida realmente o si es parte de la tradición oral de un pueblo.

En Matehuala cuentan de un dulcero ambulante que hace muchos años se instalaba afuera del mercado Mariano Arista con un cajoncito de dulces que él y su esposa confeccionaban. Ese dulcero, de nombre Bartolo, era un hombre muy humilde, tenía muchos hijos y con lo poco que ganaba apenas podía mantener a su familia.

Sucede que un día don Bartolo no vendió nada y andaba muy triste porque le urgía comprar algo para la cena de su familia. Ya era tarde y todos los negocios estaban cerrando. En eso se le ocurrió ir a vender sus dulces en algún baile particular y fue a preguntar en la comandancia si sabían dónde había un baile (en aquel tiempo era obligatorio registrar en la comandancia cualquier fiesta o baile, y por eso los policías sabían dónde se iba a llevar a cabo alguna). Don Bartolo les preguntó a unos gendarmes y éstos se miraron entre sí y tuvieron la ocurrencia de hacerle una broma. Entonces, burlándose pero muy serios, le dijeron que fuera a la calle de Aramberri No. 3, pues unas personas estaban celebrando una fiesta y, agregaron: "Donde tocan y bailan, todos embocan".

Así, don Bartolo se dirigió, con grandes esperanzas, al número 3 de la calle Aramberri y, efectivamente, el fandango estaba muy animado. Había muchísima gente disfrutando esa fiesta y todos salían y le compraban sus dulces. Vendió todo.

Se percató de que esas personas andaban vestidas de manera elegante, pues todos los hombres traían ropa de color negro y la mayoría de las mujeres andaba con vestidos blancos, tipo antiguos. A don Bartolo se le hizo extraño que sus clientes anduviesen descalzos, pero pensó que quizá esa era la costumbre entre los ricos o que la fiesta fuera un baile de disfraces.

A la mañana siguiente se levantó muy temprano y preparó más dulces, con la ayuda de su esposa. Llegó al mercado muy feliz, colocó su puesto ambulante en el lugar de costumbre y vendió bien. Cuando terminó casi todos sus dulces, ya en la tarde volvió a la comandancia y les dio las gracias a los policías por haberle dicho en donde se había celebrado el baile de la noche anterior. De agradecimiento incluso les regaló los últimos dulces que le sobraban. Los policías se miraron unos a otros y no supieron si estaba don Bartolo burlándose de ellos o si estaba diciendo la verdad. Ellos entonces le explicaron: "No, compadre, anoche fuiste a vender tus dulces al panteón; te jugamos una broma, no había ninguna fiesta". Don Bartolo medio se asustó, pero no le dio mucha importancia al asunto, pues al final de cuentas le había ido mejor que nunca. Dicen que esa anécdota él luego la platicaba y la siguió platicando hasta que murió muchos años después. Por petición suya, lo enterraron con su cajoncito repleto de dulces, pues decía que les iba a regalar dulces a sus clientes muertos.

EL COLUMPIO DE SATANÁS

Por ser Matehuala la mayor ciudad en el Altiplano potosino, es la más dinámica económicamente. Cuando llegaron los conquistadores tuvieron férrea resistencia por parte de los huachichiles, quienes tenían costumbres semi-nómadas y esta región era parte de sus extensos territorios. Como los evangelizadores tampoco podían pacificarlos, inventaron toda suerte de historias y calumnias contra los nativos. Una de tantas menciona dos cerros emblemáticos en los alrededores, el Picacho, hacia el oriente dentro del mismo municipio de Matehuala y el Fraile, hacia el poniente dentro del municipio de Villa de la Paz*.

Cuentan que como parte de la campaña de desprestigio iniciada por los frailes contra los huachichiles, esparcieron el rumor de que éstos tenían pacto con el diablo, pues los veían que le llevaban ofrendas que dejaban en las cimas de los cerros el Fraile y el Picacho. Como Satanás era amo y señor de estas tierras, puso una larga cuerda de ixtle entre ambos cerros y la usaba como columpio. Se sentaba a la mitad, justo donde ahora se ubica la ciudad de Matehuala ,y al columpiarse producía un viento horrible. Era tal el poder del diablo que ni los brujos o sacerdotes huachichiles con todos sus conocimientos de la magia y de los poderes de los espíritus podían contra Satanás.

Cuando el miedo se esparció entre la población, llegaron unos frailes nuevos que hicieron algo para que Satanás dejara de columpiarse. Uno de ellos subió hasta la cima del Picacho a bendecir el lugar y poner una cruz. Ofició una misa para bendecir a la santa cruz, la cual tuvo padrinos. Aunque la cruz era de madera, le caían rayos y eso dijeron que era obra de Satanás. Los rayos destruyeron varias veces las rocas donde estaba clavada la cruz, pero ésta jamás sufrió daños.

Otro sacerdote subió al cerro del Fraile e hizo el mismo ritual que su compañero de fe: colocó una cruz de madera y ofició una misa con los padrinos para bendecirla. Esa cruz también sufría el impacto de los rayos, pero jamás se quemó o se destruyó.

Con el paso del tiempo, la gente dejó de decir que el diablo se columpiara sobre Matehuala. La ciudad creció, los

---

*   Nota: otra versión de esta misa leyenda fue publicada en el libro *Mitos y leyendas de huachichiles*. Secretaría de Cultura del Estado de Oaxaca. 2008. Disponible en Amazon para impreso o digital.

huachichiles fueron exterminados, las cruces siguen en sus lugares y de Satanás sólo queda el recuerdo de su columpio entre ambos cerros.

Tana Medrano

Ésta es una leyenda de una mujer que justo al medio día entró al templo de san Salvador. Ella vio que al pie del altar estaba una señora, con su velo cubriéndole el rostro, hincada y rezando muy devota. La mujer se hincó a un lado y comenzó sus oraciones. De rato oyó unos pasos de alguien más que venía entrando al templo y aprovechó ese ruido de distracción para hablarle a la señora. Le dijo: "Señora, señora, ¿no trae usted un librito para dar gracias?". Dicen que volteó esa señora del velo y la mujer la vio como si fuera una calavera. La pobre mujer ahí se desmayó.

No se sabe quién haya sido aquella mujer, pero en Matehuala le dicen Tana Medrano. Cuentan que de vez en cuando, a las meras 12 del día, se oye un taconeo que camina por la nave central del templo y deja de oírse junto al altar. Hay quienes afirman que han visto a una mujer hincada y rezando al pie del altar y siempre lleva su rostro cubierto con un velo. Es posible que se trate del ánima de alguna lugareña que sigue buscando descanso y por eso va a esas horas al templo.

El 10 de junio de 1550, Cayetano Medellín fundó Matehuala. Hasta 1778 se le otorgó la categoría de villa y a partir de 1826 es la cabecera del municipio del mismo nombre. En sus orígenes sirvió como lugar de fundición de los metales que se extraían en Catorce y en La Paz, por tal razón hubo ahí muchas haciendas de beneficio.

Algunas versiones apuntan que Matehuala es vocablo huachichil que significa "No vengan", pues supuestamente así gritaban los nativos a los conquistadores cuando llegaron a colonizar estas tierras.

Moctezuma

Un hombre tumbó a una lechuza

En muchas leyendas mexicanas que hablan de brujas, se dice que éstas tienen el poder o el conocimiento de transfigurarse en ciertos animales, por ejemplo en lechuzas, pues al parecer estas aves nocturnas son afines a las brujas. En mitología mexicana a este fenómeno se le conoce como nagualismo y existen muchos ejemplos de ello en todo el país, pues las brujas y los brujos también se pueden transfigurar en coyotes, tecolotes, cóconos, jaguares o cualquier otro animal de su preferencia.

En el barrio Santa Anita cuentan que una noche muy calurosa estaba un hombre con su familia tomando el fresco en el traspatio de su casa cuando dos lechuzas sobrevolaron y se posaron en lo alto de una palma; comenzaron a chiflar y a reírse. Como el hombre sabía que las brujas convertidas en lechuzas chiflan y se ríen, fue por una pistola que tenía guardada en si cajón y la cargó con seis balas. Caminó hacia a la palma y ya estando a muy corta distancia disparó los seis tiros, pero ninguno tronó.

Él oyó con toda claridad que las lechuzas dejaron de reírse y empezaron a platicar entre ellas. Escuchó que repetían el nombre de Cruces* y se atrevió a preguntarles que de dónde venían. Una de ellas dijo que iban rumbo a Cruces a reunirse con otras compañeras. Entonces el hombre, ya seguro que esas lechuzas eran brujas convertidas, fue al corral a traer una cuerda, regresó y se puso a rezar las oraciones de las doce

---

* Cruces es una comunidad ubicada al suroeste de la cabecera municipal.

verdades del mundo al revés y al derecho. Por cada oración o verdad que rezaba, hacía un nudo en la cuerda y luego rezaba al revés y deshacía el nudo, siguiendo de este modo la tradición, pues se dice que esa es la manera de hacer que la bruja transfigurada en lechuza se convierta otra vez en persona.

Cuando terminó de rezar las doce verdades al revés y al derecho, una lechuza cayó de la palma en forma de mujer, pero la otra no cayó, pues como el señor solamente traía una cuerda, entonces sólo pudo tumbar a una. En eso la bruja ya transformada en mujer le pidió que la dejara irse, pues ni ella ni su colega se habían detenido ahí para hacerle ningún mal a nadie, ya que estaban de paso rumbo a Cruces y se habían parado en ese árbol a descansar un poco.

El señor intuyó que si no dejaba a la bruja irse, de seguro le haría un mal a él o a su familia, aceptó liberarla del encanto, pero no sabía cómo deshacerlo. Sin embargo, la bruja le explicó que metiera la cuerda en un balde de agua. El hombre así lo hizo; cuando acabó, la bruja se volvió a transfigurar en lechuza y voló con su compañera hacia el poniente, en dirección a Cruces.

Aunque este lugar se menciona en las crónicas desde 1552, su fundación fue en 1593, por cuenta del nativo negrito Juan Escanamé, y se le dio el nombre de San Jerónimo del Agua Hedionda. Cuando se formó el municipio en 1863, por decreto del Congreso del Estado, se le cambió el nombre por el de Moctezuma.

Sus nombres históricos tienen varios orígenes: Agua Hedionda por unos charcos de agua con olor azufroso; San Jerónimo, en honor al santo patrón de la ciudad y Moctezuma, por el general José Esteban Moctezuma, quien fue oriundo de Ciudad del Maíz.

Al final del relato se menciona Cruces, una gran hacienda desde la época virreinal, cuyo casco se ubica en el municipio de Moctezuma, pero en sus años de esplendor era tan extensa que abarcaba territorios de Salinas, Santo Domingo, Venado y Villa de Ramos.

SALINAS

EL CURRO Y LA MUJER VESTIDA DE NOVIA

Entre las muchas leyendas de aparecidos que se cuentan en cualquier lugar del planeta, jamás falta aquella que habla del fantasma de una mujer vestida de novia. Sin especificar edad, las explicaciones indican que se trata de una mujer que, al morir, fue enterrada con su atuendo nupcial, o bien, que murió el día de su boda y así la llevaron a sepultar.

Dos de las leyendas más famosas de Salinas son la del fantasma de un hombre vestido de negro y la de una mujer que se le ve vestida de novia. Es posible que se trate de dos apariciones distintas y no tengan relación entre sí, pues casi nunca los han visto juntos.

Toda la gente que ha visto al hombre dice que es un curro (catrín) vestido de negro, pero nadie le ha mirado el rostro y por eso no se sabe quién pueda ser o haya sido. Quienes han visto a la mujer, aseguran que es el fantasma de una novia vestida de novia con su ropa vaporosa. Ella es una aparición al igual que el curro, pero a esta mujer sí le han mirado el rostro y todas las versiones coinciden que es una calavera.

Hace muchos años, una noche muy fría cuando las calles se encontraban vacías, un comerciante estaba a punto de cerrar su negocio en contra esquina de la plaza cuando, de pronto, entró un hombre que venía pálido y temblando; temblando de miedo, no de frío, y con la voz cortada de platicó al comerciante que al ir caminando por la calle atrás de la iglesia, en una esquina se le apareció el curro. Aunque ese hombre ya conocía la leyenda del curro, de todos modos se le hizo un poco curioso ver a alguien tan elegante andar por la calle, pero no se asustó todavía. Entonces el curro dio vuelta en la esquina y el hombre decidió seguirlo porque pensó que era alguien del pueblo. A mitad de calle, advirtió que de la otra esquina venía la mujer vestida de novia. En ese momento cayó en cuenta de que ambos personajes no eran gente real, sino fantasmas. Entonces se le ocurrió que a lo mejor el curro y la mujer vestida de novia eran pareja y pensó: "¡Ahora sí voy a descubrir el secreto del curro y su novia!".

Pero no, la novia se siguió de largo y el curro dio vuelta en la esquina. Cuando la mujer vestida de novia pasó a un lado del hombre, volteó a mirarlo y él le vio el horrible rostro de calavera. Ella continuó su camino, como flotando en el aire, y él casi se desmayó del susto.

Para su fortuna notó que en contra esquina de la plaza una tienda todavía estaba abierta y, como pudo, alcanzó a llegar. Como el pobre entró todo asustado, el comerciante le dio de comer un dulce tradicional de calabaza con mucha azúcar para que se le bajara el susto. Una vez calmado, el hombre le platicó al comerciante sobre las dos apariciones que había visto. De esta manera se confirmó una vez más el asunto de esos dos fantasmas, aunque en esta ocasión alguien los vio casi al mismo tiempo.

A finales del siglo XVI, Juan de Tolosa fundó Salinas del Peñón Blanco después de haber fundado Zacatecas. Varios años después, en 1566, Juan de Oñate comenzó la explotación de sal que era útil para beneficiar los metales extraídos de las minas zacatecanas. Cuando se crearon los municipios potosinos, en 1826, se le adjudicó simplemente el nombre de Salinas, tanto al municipio como a la cabecera.

Su nombre se debe a las salineras que existen en los alrededores. El apelativo de Peñón Blanco es en alusión a un cerro de tonalidad blancuzca, el cual es distintivo de esta región y el más alto de la parte sur de la Región Altiplano.

Santo Domingo

BOLITAS DE LUMBRE Y UN AQUELARRE

A las bolitas de fuego, chispas luminosas o flamas que de pronto se ven en el ambiente, que al parecer surgen de la nada y se mueven inexplicablemente, se les asocia con las brujas en el folklore de muchas regiones del norte de México. Se dice que algunas personas con poderes mágicos tienen la capacidad de convertirse en cualquier cosa y para poder desplazarse de un lugar a otro lo hacen en forma de animales (nagualismo) o de bolas de fuego.

Por ejemplo, en Santo Domingo –la cabecera municipal altiplanense más alejada de la capital potosina– cuentan que las brujas son como bolitas de lumbre que andan volando en el cielo y cuando deciden bajar a la tierra caen como si flotaran; el destello de las luces contrastando en la oscuridad es algo similar a un espectáculo de luces de bengala, pero a gran escala. Más tarde, al caer en algún chaparro* o sobre la tierra empiezan a brincar y se van brincando hasta juntarse en un antiguo aguaje ya en desuso, donde esas brujas suelen reunirse para celebrar sus aquelarres.

Cuentan de un hombre que, cierta noche sin luna, venía caminando desde Morelos con sus perros y casi al llegar a su casa en Santo Domingo vio en el cielo una gran bola de fuego. Se quedó mirándola y en ese instante pensó que podría ser un aerolito, pero cuando esa enorme bola cayó encima de un chaparro y se dividió en numerosas bolitas luminosas, se percató de que todas iban salte y salte y se le hizo muy raro.

---

* Chaparro se le dice a ciertas especies arbustivas que crecen como matorral.

Le dio tanta curiosidad ese fenómeno que decidió seguirlas. Primero se pararon en una noria y de rato reanudaron los brincos y se fueron hasta el antiguo aguaje del pueblo. Para eso, los perros estaban ladre y ladre, como advirtiendo al hombre de algún peligro, pero él de todos modos se aproximó al aguaje cuanto pudo y de pronto sintió miedo, pues se dio cuenta de que muchas otras bolas de fuego venían cayendo desde varias partes del cielo y se transformaban en bolitas que se dirigían brincando hacia el aguaje. Se acercó todavía más y entonces oyó voces de mujeres, pero sabía que no podían ser personas del pueblo porque ellas no tienen la costumbre de salir en la noche a los parajes solitarios. En eso se acordó de algo: por pláticas sabía que esas bolitas en realidad son brujas y muchas de esas brujas vienen de Vanegas, de Moctezuma o de los vecinos estados de Nuevo León o Zacatecas. En ese momento sintió más miedo de que las brujas fueran a enojarse con él y le pudieran hacer algún daño, por eso mejor se fue corriendo a su casa y llegó todo asustado antes que los perros.

Todo el territorio del municipio de Santo Domingo pasó desapercibido por los conquistadores españoles, pues ahí no descubrieron importantes yacimientos minerales y sí encontraron gran resistencia de los nativos huachichiles. A mediados del siglo XVII fueron trazados los límites de dos grandes haciendas que abarcaban toda esta región y extendían sus dominios a otras partes: la de Illescas y la de Sierra Hermosa (en Villa de Cos, Zacatecas).

La fundación de la ciudad es atribuida a Ignacio Colunga Dávila quien, en 1857, también promovió la erección del municipio, aunque para muchos la cabecera municipal debió haber sido Illescas por tratarse de una población con mayor auge económico que el propio Santo Domingo.

El nombre de Santo Domingo es en honor al personaje católico que fundó la orden de los dominicos. La fiesta patronal se celebra el 4 de agosto.

VANEGAS

LA LLORONA

El mito mexicano más conocido y popular, con todas sus variantes e infinidad de leyendas, es el de la Llorona*. La mayoría de las versiones siempre incluye los mismos símbolos: un río (o aguaje, charco, noria, lago, etc.), unos niños ahogados, una mujer y su aterrador lamento. El origen de este mito puede provenir de los nahuas, los mayas lacandones, los purépechas o los zapotecos. Sin importar el nombre que se le dé o de dónde surja, la Llorona es un espíritu identificado con el hambre, el inframundo, la lujuria, el pecado y también la Muerte, toda vez que cuando se le oye llorar presagia un suceso fúnebre.

Una de las versiones que se cuentan en Vanegas habla del tiempo cuando los hombres que trabajaban en los ferrocarriles en el turno de la noche –de las 11 a las 7 de la mañana– decían que ocasionalmente oían a la Llorona muy a la distancia y eso les provocaba algo de temor. Por precaución, muchos hacían su labor en grupos, más que nada si tenían que ir a revisar las vías lejos de la estación y del pueblo.

Una noche oscura, sin luna y con pocas estrellas andaba una cuadrilla arreglando las vías férreas no muy lejos del entronque con la carretera Cedral-San Tiburcio. Como las reparaciones tenían que hacerse en varias secciones del ramal, uno de los hombres se separó de sus compañeros y anduvo trabajando solo en un rumbo muy seco, donde casi nunca hay agua. Alrededor de la una de la mañana tomó un descanso y prendió una fogata para calentar unos tacos y un jarro de café. En eso, de repente oyó el llanto de la Llorona que gritaba: "Ay, mis hijos..". Ese llanto lo oyó muy cerca de donde

---

* Véase también **La Llorona**, en el relato correspondiente a MATLAPA.

se encontraba junto a las vías y le dio un susto muy grande. El hombre se puso a gritar de terror y de rato llegaron sus compañeros para auxiliarlo, pues creyeron que le había picado una víbora. El hombre no podía hablar y sus manos temblaban muy feo; lo llevaron cargado hasta la estación y mandaron llamar a un doctor, quien le dio un tranquilizante.

A partir de esa mala experiencia, el hombre cayó muy enfermo y estuvo así dos o tres semanas; no quería comer, no podía dormir e incluso se vio obligado a solicitar unas vacaciones en el trabajo. Como ningún doctor podía prescribir correctamente la enfermedad que sufría, sus familiares mejor lo llevaron con una curandera en Albercones (municipio de Doctor Arroyo, N.L.), quien le hizo una limpia[**] con ramas de pirul e inciensos y con eso se curó el trabajador.

Todo mundo sabe que a la Llorona se le ve y se le oye donde corre agua, pero lo curioso en este caso es que el hombre la oyó en una zona muy desértica, donde no hay agua, y por tal razón mucha gente de Vanegas está convencida que, de todas maneras, se trata de un espíritu que vaga por todos lados sin encontrar descanso.

La ciudad de Vanegas se fundó a finales del siglo XIX como centro ferroviario cuando tendieron el ramal de la vía México-Laredo. Fue elevada a categoría de municipio y cabecera municipal en 1922.

El origen de su nombre se debe a la hacienda de San Juan de Banegas, cuyo casco se encuentra a pocos kilómetros de la cabecera municipal, la cual antes de existir era parte de la hacienda. No se sabe en qué momento de la historia la gente comenzó a escribir el nombre como Vanegas.

[**] Limpia: así se le dice a la acción de quitar un mal puesto, curar de espanto, quitar la mala suerte usando hierbas, perfumes u objetos mágicos. También se le conoce como barrida.

VENADO

RUIDOS DE CADENAS

Las casas antiguas o en ruinas siempre dan mucho de qué hablar y, según las pláticas, están inmersas en una infinidad de misterios sin explicación, por ejemplo: supuestos tesoros, ruidos o fantasmas. Esto no es exclusivo de México, pues en cualquier parte del mundo donde haya una casa en tales condiciones se cuentan cosas similares. Ahora bien, la mención de un típico sonido de cadenas que se arrastran es común en muchas leyendas de tesoros, pues una creencia señala que, al momento de enterrar el dinero o las joyas, arrastraron la caja o baúl con cadenas y su ruido espectral, de alguna manera inexplicable, quedó impregnado en el ambiente.

Venado es una de las poblaciones más pintorescas del Altiplano gracias a la cantidad de propiedades que fueron construidas en una época de cierta bonanza económica debido a la fábrica de textiles y a las ricas haciendas de los alrededores. Con el paso del tiempo, algunas de aquellas casonas quedaron deshabitadas y otras fueron divididas en varios predios. En una de ellas estuvo establecido el hotel México; era una mansión que hoy se encuentra semi abandonada, pero que en su época de esplendor fue suntuosa, con ventanales de herrería, un patio central rodeado de habitaciones y un traspatio donde reposaban los caballos y bestias de carga. Como todo lugar antiguo, éste también tiene sus leyendas.

Muchos transeúntes han contado que al ir caminando por la calle han oído que del interior de la casona abandonada surge un ruido como si arrastraran cadenas. Dicen que cuando el silencio nocturno envuelve el ambiente perciben ruidos como si algo o alguien anduviese arrastrando unas cadenas. Aquellos que los han oído están convencidos de que las cadenas se oyen en el pasillo de la entrada y después se aleja hacia el patio central o al traspatio, hasta dejar de oírse por completo.

Los inquilinos que han habitado allí en los últimos años aseguran que nunca han oído nada raro, pero comentan que mucha gente les pregunta: "Disculpen, ¿sus perros no andaban sueltos anoche?". Ellos no tienen perros y se lo explican a esas personas. Sin embargo, creen que sí es posible que en casas viejas como esa se oigan ruidos inexplicables, pues son lugares donde ocurrieron muchas cosas trágicas en la época la Revolución. Como luego dicen por ahí, que "las paredes oyen", entonces es probable que los sonidos sean como ecos guardados y quizá ese ruido de las cadenas se deba a que por ahí hayan arrastrado unas en el pasado. Ellos descartan la creencia generalizada de que pueda haber un tesoro enterrado en alguna parte de la propiedad porque, como ahí fue hotel, entonces sería ilógico que el dueño hubiese escondido dinero en un lugar asequible a mucha gente. De todos modos, al parecer hace muchos años unos jóvenes se metieron a las antiguas caballerizas y anduvieron rastreando por ahí con un detector de metales, pero no hallaron dinero, sólo herraduras oxidadas y casquillos de balas.

Los primeros datos escritos por los misioneros en el siglo XVI consignan que en esta región habitaban dos grupos de nativos: los huachichiles y los negritos o bocalas. Según las crónicas, el primer fraile en pisar estas tierras fue Diego de la Magdalena, en 1554, aunque otras versiones afirman que el bocala Juan Escanamé (también fundador de Moctezuma) fundó esta población, en 1591.

Su nombre original fue San Sebastián del Agua del Venado, en honor al santo patrón asignado por los franciscanos, así como al ojo de agua que abastece al pueblo y también por la cantidad de venados que había en el pasado.

VILLA DE ARISTA

EL CARRO FANTASMA

Las leyendas de vehículos fantasmales son comunes en muchos lugares de México y surgieron desde que este medio de transporte motorizado reemplazó paulatinamente a las carretas y guayines de tracción animal, que también son motivo de leyendas en muchas partes del país, ya que antes se hablaba –y todavía se habla– de carretas espectrales.

En Villa de Arista cuentan una historia regional de un carro fantasma, pues mucha gente afirma haberlo visto por varias partes de las cercanías y siempre parece venir de las brechas que convergen a la carretera o a la ciudad. Dicen que es un carro negro muy vistoso y reluciente, como aquellos carros boludos de los años 30 y 40 del siglo pasado. Según esto, el carro viene de los viejos caminos reales o de las terracerías y entra al pueblo, da tres vueltas a la plaza y luego sigue su trayecto por otras calles hasta perderse en la distancia. Los policías de tránsito le han dado persecución, pero jamás logran detenerlo, y eso que no va muy rápido. Algo muy raro es que siempre ande limpio, como recién lavado, pues si realmente viniera de un camino polvoriento tendría que verse sucio, pero no: brilla y luce elegante, como un carro antiguo, de colección.

Nadie sabe de quién pueda ser ese carro, ni de dónde viene ni a dónde va, pero muchísima gente afirma haberlo visto. Tampoco saben dónde se detiene exactamente, ni si se mete a alguna casa, como tampoco dónde se desvanece. Dicen que sólo se ve el carro, ya que por llevar los vidrios cerrados no es posible distinguir al chofer ni cuántos pasajeros van adentro. Otra cosa que le da más misterio al carro fantasma es lo siguiente: ¿dónde carga gasolina? Los empleados en Villa de Arista nunca han visto al carro detenerse a llenar el tanque, ni tampoco lo han visto quienes trabajan en las gasolineras de Moctezuma o de la carretera No. 57 que son las estaciones más cercanas. Entonces, ¿es un carro de verdad o una aparición fantasmagórica?

Cuentan también que hace muchos años venía un hombre en su bicicleta desde la comunidad llamada Venta del Carmen, pero se le ponchó una llanta y se puso a pedir aventón en el cruce de caminos. Ya era de noche y no pasaba ningún vehículo por esa carretera que en aquellos tiempos solía estar desolada. En eso salió de la nada el carro fantasma y se detuvo; la puerta se abrió sola. Al hombre se le hizo muy extraño de que no hubiera nadie adentro del carro y sintió miedo, quiso huir de ahí.

Dicen que luego él platicaba que no podía recordar nada de lo sucedido aquella noche, pues simplemente sintió que algo lo jaló hacia el interior del carro, no vio a nadie, y para cuando se dio cuenta ya estaba en la plaza de Villa de Arista, sin su bicicleta. De ahí se fue a su casa y llegó pálido, sin ganas de nada. Su mujer le preparó algo de comer, pero no tenía apetito. Esa noche no pudo dormir porque se sentía intranquilo, como si algo sobrenatural le hubiera ocurrido. Al día siguiente regresó al cruce de caminos y la bicicleta todavía estaba ahí.

Las primeras crónicas mencionan que en esta región habitaban los huachichiles, los aguerridos nativos que ofrecieron gran resistencia contra la conquista española. En 1711, Juan Zeferino se convirtió en propietario de las tierras que bautizó como el Jagüey. Años más tarde, Antonio Reyna adquirió estos territorios y los nombró El Jagüey de los Reyna. En 1897 se le concedió el título de villa y desde 1972 es municipio y cabecera municipal.

Recibió ese nombre en honor al potosino Mariano Arista, quien fue presidente de México de 1851 a 1853.

Villa de Guadalupe

LA CULEBRA

Los campesinos del Altiplano y de muchas partes del norte de México en sus pláticas suelen mencionar a la culebra, un fenómeno natural asociado con las lluvias. Todas las versiones coinciden en que esta "culebra" es muy perjudicial porque cae como tromba y provoca cuantiosos daños. Existen numerosos relatos en todos los rincones de la Aridoamérica, y en Villa de Guadalupe cuentan que la culebra cae cuando la lluvia viene como un remolino; primero se ve la nube de lluvia y en la parte de abajo se forma un pequeño remolino que va creciendo, pero de pronto gira hacia arriba y sube hasta chocar con la nube. Cuando está lista para precipitarse a la tierra, dicen que le da unas remolineadas a la nube y luego cae con todo y nube. Esa es la culebra.

Donde cae la culebra causa muchos daños y se dan casos que incluso raja los cerros. Dicen que la culebra no respeta, pues tumba árboles, nopaleras, cualquier cosa y es tanta el agua que arrasa con todo lo que encuentra a su paso. Lo curioso, según cuentan los campesinos, es que casi nunca cae en alguna casa o a mitad de un ranchito y menos en un pueblo. La culebra más bien azota siempre en el monte. Además, de acuerdo con una leyenda, esa culebra del cielo no respeta porque es un espíritu de la naturaleza que anda enojado y se desquita con la tierra. Todo comenzó hace muchísimos siglos cuando los habitantes de estos territorios empezaron a pelearse entre ellos y, por andar en guerras, olvidaron llevarle ofrendas al dios de la lluvia. Entonces éste se molestó mucho con ellos y decidió mandarles un castigo; creó así la primera culebra, la más potente y furiosa que se haya visto jamás, y al caer no sólo provocó destrozos y rajó cerros, sino que deslavó la tierra y dejó una extensa planicie árida donde ya no volvieron a crecer los árboles frutales ni plantas de cultivo u ornamentales. Los humanos de aquel tiempo comprendieron su error y trataron de enmendarlo, organizando danzas y dejando ofrendas al dios de la lluvia, quien de cierto modo aceptó las disculpas, pero le dio la orden a la culebra de seguir cayendo si había malos comportamientos de la gente.

Pero todo mal tiene una solución y muchos campesinos afirman que existen diversas maneras de cortar una culebra para que no caiga ni haga daños, pero que sí llueva. Es algo que aprendieron de los nativos prehispánicos que habitaron estas tierras, según explican. Una de las técnicas es que al momento de notar que se está formando una culebra en el cielo, hay que sacar un machete o cualquier cuchillo y hacer un corte o una cruz imaginaria en el cielo, y con eso se rompe el poder destructivo de la culebra y sólo caen lluvias benéficas.

LA SIERPE DE SIETE CABEZAS[*]

Hace muchos pero muchos años, cuando los españoles penetraban los territorios del Altiplano potosino, que –justificadamente– consideraban hostiles, para fundar sus pueblos donde encontraban yacimientos de cualquier metal, varios clanes de huachichiles decidieron reunirse para buscar la forma de impedir el avance de los invasores. Durante la

[*] Nota: otras versiones de esta misma leyenda han sido publicadas en *Mitos y leyendas de huachichiles*. Secretaría de Cultura del Estado de Oaxaca. 2008. En *Creencias, mitos y leyendas de animales en el Altiplano*. Secretaría de Cultura de San Luis Potosí. 2015. Las reediciones están disponibles en Amazon para formatos impreso y digital. Aún inédita, también se abordará esta leyenda con más amplitud en la novela *Tiempos de la Gran Huachichila*.

reunión acordaron que sus brujos trabajaran con las fuerzas de la naturaleza, pues de tal modo las poderosas armas de los conquistadores serían inútiles.

En Cerro de San Pedro, Charcas, Mexquitic y San Luis Potosí ya había presencia hispana con ejércitos que no se tentaban el corazón para aniquilar a los nativos. Por su parte, los evangelizadores también obraban a su manera, en favor de la corona española y erradicando las herejías.

Por un lapso de tres lunas, los brujos huachichiles estuvieron reunidos en un paraje desolado del Altiplano, donde ni el más aventurado explorador español hubiera penetrado. La magia de aquéllos era poderosa y, así, lograron su propósito. Cuando la luna roja de octubre salió en el horizonte, se oyó un ruido sobrenatural que dejó paralizados a todos los que lo percibieron, menos a los brujos. Habían dado vida a una serpiente descomunal, con siete cabezas y ojos de fuego.

Al amanecer, un enorme cuervo solitario surgió de la nada. Dio varias vueltas en el cielo y voló hacia el sur. La sierpe lo siguió. Con eso, los brujos huachichiles habían comandado a las fuerzas ocultas de la naturaleza para que el monstruo recién creado destruyera los pueblos españoles. El cuervo era su guía.

Por donde pasó la sierpe causó terror y destrucción. La voz corrió por doquier y varios ejércitos españoles fueron a su encuentro, pensando que se trataba de una fantasía o de un animal común y corriente. La realidad fue espeluznante: no pudieron con ella y nadie sobrevivió para contarlo.

Cerca de lo que ahora es Solís, en el municipio de Villa de Guadalupe, SLP unos frailes apenas comenzaban a fundar una ermita para catequizar a los indómitos nativos y, asimismo, protegerlos de los despiadados españoles. Cuando vieron al gigantesco cuervo venir hacia ellos, uno de esos frailes prendió inciensos, sacó las imágenes cristianas de la ermita y se dirigió a enfrentar al ave misteriosa. Sus compañeros lo siguieron. Sin embargo, cuando éstos vieron que ya se aproximaba la horrible sierpe de siete cabezas, huyeron despavoridos, dejando al pobre fraile a su suerte.

La sierpe incendiaba cuanto hallaba a su paso, dejando

un rastro de cenizas tras de sí. El fraile se hincó y se puso a rezar, pidiéndole a su dios que lo protegiera y que destruyera a ese monstruo infernal. Cuando el cuervo voló sobre su cabeza, el fraile se puso de pie y dijo unas palabras en latín. El ave negra pegó un chillido, cayó a tierra y quedó convertida en cerro. Después dijo más oraciones en latín y la sierpe le lanzó miradas de fuego que, en pocos segundos, acabaron con su vida. No obstante, antes de morir, el fraile dijo una última oración, mientras alzaba su brazo derecho y con eso conjuró al animal. La serpiente también quedó convertida en cerro.

Aunque han pasado muchos años desde entonces, y los huachichiles dejaron de existir como tribu o como individuos, mucha gente todavía recuerda aquel suceso y cuenta que la sierpe estaba destinada a destruir la capital potosina o la ciudad de Charcas; sin embargo, gracias a la fe del fraile, tanto la serpiente de siete cabezas como el cuervo quedaron conjurados, pero no para siempre…

Narra la leyenda que el conjuro un día habrá de expirar y que esos cerros volverán a ser lo que realmente son para, entonces, cumplir su destino.

En la época prehispánica, en estos territorios habitaban grupos de huachichiles y de bazalos (negritos). Las primeras crónicas hispanas señalan a Francisco de Vallejo como dueño de haciendas, a partir de 1772. Años más tarde, fueron fundadas las congregaciones agrícolas de Represadero y La Biznaga, hasta que en 1857 se unieron para convertirse en Villa del Ixtle. Pocos años después, por acuerdo entre vecinos y con la anuencia del gobierno estatal se cambió el nombre de la población y del municipio por el de Villa de Guadalupe.

Sus nombres históricos tienen varios orígenes: Represadero, por una presa construida para fines agrícolas; La Biznaga, por la abundancia de esta cactácea; Villa del Ixtle, porque ahí se acaparaba y comerciaba gran parte de la producción del ixtle de lechuguilla en esa región del Altiplano, y Villa de Guadalupe, en honor a la virgen patrona de la localidad, cuya fiesta se celebra el 12 de diciembre.

Villa de la Paz

Las borregas que pusieron a un geólogo en ridículo

Gracias a la observación del entorno –dígase de fenómenos naturales, como los remolinos de viento o el comportamiento inusual de algunos animales, como las hormigas o aullidos de coyotes–, la gente de campo posee un conocimiento empírico que le sirve para predecir ciertos eventos como, por ejemplo, una prolongada sequía, un cambio de clima o una tormenta repentina.

En Villa de la Paz cuentan que hace algunos años se dio un singular caso en el cual unas borregas fueron más certeras en sus presagios climatológicos y pusieron en ridículo a un geólogo. De tal manera se confirmó una teoría muy conocida por los campesinos: en muchas ocasiones los animales son más precisos que la ciencia para predecir determinados fenómenos naturales.

Ésta es la historia de un ranchero que tenía una majada y llevaba a sus cabras a pastorear en el monte; también tenía unas borregas que pacían entre el rebaño de cabras. Una noche despejada y con muchas estrellas, estaba ya el ranchero descansando en su choza junto a la majada cuando llegó un hombre de ciudad y le pidió permiso de quedarse a dormir ahí en la majada; se trataba de un geólogo de la universidad que traía consigo varios instrumentos de medición atmosférica, meteorológica y otros tantos que eran totalmente desconocidos para el ranchero. Éste le dijo que sí, y lo invitó a pasar la noche en la choza. Sin embargo, el geólogo dijo:

—No se apure, yo pongo mi bolsa de dormir y me quedo aquí en la majada, al cabo no va llover.

—Pero sí va a llover –aseguró el ranchero.

—¡No, qué va a llover! Yo sé de estas cosas porque en eso ando y conozco muy bien los cambios climáticos –presumió el geólogo.

—Hágame caso, métase aquí a la chocita porque va a llover –insistió el ranchero.

—*No'mbre*, ¡cómo va a llover! Le digo, yo soy experto en estas cosas, éste es mi trabajo y yo sé que no va a llover; además, el cielo está bien estrellado –aseguró el geólogo.

Total. El dueño de la majada le dijo que iba a llover, pero el geólogo no le hizo caso. Como a eso de la media noche comenzaron los truenos y los relámpagos y cayó un aguacerazo de esos que pocas veces se ven por esos rumbos.

En la mañana, cuando amaneció, el geólogo andaba con su ropa toda empapada, las botas le chacualeaban y el agua seguía escurriéndole del sombrero, pero había logrado proteger todos sus instrumentos con bolsas de plástico. Mientras le daba sorbos a una taza de café bien caliente que le ofreció el ranchero, el geólogo le preguntó:

—Oiga, ¿cómo supo que iba a llover?

—Mire, amigo, eso no tiene ciencia; es algo que sabemos porque andamos en el monte y nos fijamos en las cosas. Cuando yo veo que mis borregas andan así como alborotadas en la tarde y ganan solas hacia los corrales, sé que va a llover y eso nunca falla.

Antes de irse, el geólogo, un tanto apenado, le dijo al dueño de la majada:

—Bueno, gracias de nuevo, y usted siga creyendo en sus borregas porque, debo admitirlo, sus borregas me ganaron. El conocimiento de sus borregas es más preciso que el de mis aparatos o el de los libros que estudiamos en la universidad.

Nota: este mismo relato se volvió a publicar en el libro *Creencias, mitos y leyendas de animales,* por la Secretaría de Cultura de San Luis Potosí en 2015. La segunda edición está disponible en Amazon desde 2024 para impreso o digital.

EL JERGAS

En el relato correspondiente al municipio de Charcas ya leímos una historia sobre el Jergas, ese misterioso personaje que se aparece en algunas minas, ese espíritu protector, cuyo comportamiento es ambiguo, es decir, puede ayudar a un minero en desgracia o perjudicarlo si éste pretende abusar de la mina.

En Villa de la Paz, otro centro minero muy importante del Altiplano potosino, cuentan la historia de un hombre a quien se le apareció el Jergas una vez que bajó a la mina. Era un tipo normal, pero desde esa vez empezó a comportarse de manera diferente, con problemas psicológicos. Era un hombre de bien, conocido y estimado en el pueblo y a raíz de la impresión de haber visto al Jergas se volvió un personaje raro y típico del pueblo, pero sin ser un vago. Fue tal su trauma de haber tenido un encuentro con el Jergas que nunca más volvió a trabajar en las minería, ni siquiera volvió a bajar a una mina y eso que en aquel tiempo toda la gente de Villa trabajaba en eso. En cambio, este hombre mejor se dedicó a la agricultura, aunque cada vez más fue perdiendo el sentido de la realidad.

En sus momentos de lucidez, él mismo platicaba que cuando le salió el Jergas, en la mina de Dolores, se asustó tanto que salió corriendo y no paró de correr hasta que llegó a Matehuala. O sea que en ese momento que se le apareció el Jergas no supo qué hacer y, como sabía que es un espíritu fantasmagórico, en su desesperación mejor corrió.

Cuentan los que saben que la mina de Dolores es más antigua que la de Cobriza y, según se dice, es donde más han visto al Jergas. Mucha gente cree que eso del Jergas es una superstición de los mineros y que la cuentan como leyenda, pero no dudan que sí sea posible que haya espíritus protectores o traviesos que asusten en el interior de las minas.

Otras personas explican que el Jergas era un minero que trabajaba en Real de Catorce, pero murió en un accidente y como jamás encontraron su cuerpo, su espíritu se dedicó a ayudar a los mineros en problemas. Cuando las minas de Real quedaron abandonadas y los mineros encontraron trabajo en Villa de la Paz, el Jergas también se vino con ellos y desde entonces se le ha visto en tiros y socavones como el de san Juan, el de san José, el de El Pilar, el de san Agustín, pero más en los de Cobriza, al interior del cerro del Fraile, y la mina de Dolores.

La historia de Villa de la Paz está muy ligada a la de Matehuala y al auge minero en los alrededores. Se cree que el año de su fundación haya sido en 1564, catorce años después de la de Matehuala. Sin embargo, Villa de la Paz pertenecía a la hacienda de la Boca, hasta que en 1921 fue declarada cabecera y municipio.

El nombre es en honor a la patrona del lugar, la virgen de la Paz, cuya fiesta se celebra el 24 de enero.

VILLA DE RAMOS

LA CARRETA ENCANTADA

En cualquier parte del planeta existen leyendas de lugares encantados, dígase ríos, lagos, cuevas, cerros e incluso pueblos enteros. Un buen ejemplo mexicano es éste de Villa de Ramos, donde se dice que a la entrada de la ciudad, hacia el sur, hay una carreta encantada. Todo mundo conoce ese punto como "El cerro del Calvario", pero según la leyenda, no es un cerro, sino una carreta convertida por causa de un castigo divino.

Hace muchos pero muchos años, cuando Villa de Ramos era algo así como una estancia de las conductas que llevaban cargamentos de metales preciosos, llegó de Real de Catorce una carreta cargada de oro e hizo escala en la hacienda, pues a la mañana siguiente iba a reanudar su trayecto hasta Zacatecas. Esa región estaba muy vigilada en ese tiempo porque abundaban las gavillas; la policía siempre estaba acantonada cerca de la hacienda sobre el camino real hacia Zacatecas. No obstante, unos maleantes lograron robarse esa carreta muy de madrugada, pero en lugar de tomar la ruta a Zacatecas –sabían que allá había vigilancia–, se fueron por una brecha rumbo a Salinas. Salieron muy de madrugada, mucho antes de quebrar la aurora.

Iban ellos al paso de carreta cuando en terrenos donde ahora se encuentra el cerro del Calvario –que en aquel tiempo no existía– empezó a despuntar el alba y al instante en que el primer rayo iluminó la carreta, ésta se convirtió en un enorme macizo rocoso, en lo que es el cerro del Calvario. Por tal motivo ese lugar está encantado y lo conocen también como "la carreta del Calvario". Parece que los ladrones alcanzaron a salvarse del encanto, pero los policías lograron atraparlos y se los llevaron a la cárcel en Zacatecas.

Muchas versiones de esta misma leyenda afirman que hay un tesoro debajo del cerro, pero otras lo desmienten, pues todas las personas que han tratado de buscarlo jamás han podido dar con él, ya que el tesoro –o mejor dicho, la carreta– es el cerro mismo que es una carreta encantada convertida en piedra.

Ahora... cuenta una conseja que para romper ese encanto y que el cerro vuelva a convertirse en lo que era –una carreta llena de oro–, alguien tiene que aventar a un niño recién nacido desde lo alto de la cruz. El asunto consiste en que a un bebé recién nacido deben llevarlo hasta la cima del cerro, donde está la cruz, y al momento en que salga el primer rayo de sol lo tienen que arrojar, y cuando el bebito caiga al suelo se va a deshacer el encanto y la carreta cargada de oro volverá a aparecer.

Sí, esto suena muy cruel y por eso no hay quien se atreva a hacerlo, pero así dice la leyenda.

No se sabe con exactitud quién fundó esta ciudad, pero se le atribuye a fray Jerónimo de Pangua, a Gabriel Ortiz o a Juan Salayandia Vizcaíno, a principios del siglo XVII. Según unas versiones, este último andaba con dos de sus hijos pastoreando unos animales cuando descubrieron una veta de plata. A partir de entonces, el lugar se fue poblando con gambusinos y caza fortunas, pero los yacimientos minerales resultaron poco abundantes; sin embargo, quedó como una estancia del ramal de la ruta de la plata, del camino real entre Zacatecas y Real de Catorce, y florecieron las haciendas de beneficio.

Una versión indica que su nombre se debe porque los primeros yacimientos fueron descubiertos al inicio de una Semana Santa, en Domingo de Ramos. Su fiesta patronal, no obstante, se celebra el 16 de mayo y está dedicada a san Juan Nepomuceno.

Villa Hidalgo

EL JUDÍO ERRANTE

En todo el planeta y en México también existen relatos y leyendas que hablan de espíritus errantes o ánimas en pena que, cuando aparecen en algún lugar o se les oye, auguran calamidades o anuncian muertes. Uno de tales espíritus es conocido mundialmente como *el judío errante*.

Cuentan que el día en que Jesucristo estaba siendo conducido al calvario para su crucifixión, a un lado del camino había un viñedo muy bonito, muy fresco. Al pasar por ahí tuvo un desmayo, tanto por el calor y el sol calcinante, como por la pesada cruz que llevaba a cuestas y por el hecho de andar descalzo. La persona encargada del viñedo se llamaba Samuel y en ese momento estaba descansando plácidamente bajo la sombra de un emparrado. Entonces Jesucristo le pidió agua a Samuel, diciéndole:

—Dame un poco de agua.

—No, mejor vete porque la gente está esperándote porque quieren verte crucificado –le respondió Samuel.

—Bueno, déjame descansar un poco aquí en la sombra –le pidió Jesucristo.

—No, tampoco. Sigue tu camino para que te crucifiquen –contestó Samuel.

—¿Al menos podrías prestarme tus sandalias? La tierra está caliente y me han salido ampollas en los pies.

—No, tú ni a eso tienes derecho. Sigue como vas que la crucifixión es tu destino.

Ante las tres negativas de este hombre, al proseguir su camino al calvario Jesucristo le dijo:

—Bueno, tú andarás errante hasta la consumación de los siglos.

Ésta es una versión de la mundialmente famosa leyenda del *judío errante* que también cuentan en Villa Hidalgo, aunque con características locales. Dicen que en esa población antiguamente oían a este espíritu pasar lamentándose sobre los caminos y oían sus pisadas con un sonido muy peculiar, como si en las suelas de sus sandalias trajera tachuelas. La gente sabía que cuando pasaba, era un presagio de muchas calamidades por venir, como podría ser una larga sequía, incendios en los montes, robos o muertes imprevistas, y el augurio nunca fallaba, pues en pocas horas o pocos días se cumplía. Por ejemplo, si oían el gemido del *judío errante* en el viento, esa misma noche moría algún vecino, o bien, al tercer día bajaba la temperatura de tal manera que hasta los garambullos se quemaban con la helada; si oían sus pasos en la tierra, se dejaba venir una sequía muy prolongada que el agua en norias y aguajes se agotaba.

Aunque ya poco se platica del *judío errante* en Villa Hidalgo o en otros lugares del Altiplano, los que saben afirman que su alma seguirá vagando hasta la consumación de los siglos, ya que así lo sentenció Jesucristo por haberle negado un sorbo de agua, un descanso en la sombra y unas sandalias para sus pies adoloridos.

San José de los Picachos fue fundada como villa en 1611. Su territorio fue elevado a categoría de municipio en 1857 y se le llamó Villa Hidalgo, pero poco después lo cambiaron por Iturbide. Sin embargo, en 1928 volvió a llamarse como ahora se le conoce.

Sus nombres históricos tienen varios orígenes: San José de los Picachos, por el santo patrono de la localidad y por los emblemáticos cerros que rodean la población; Iturbide, en memoria de Agustín de Iturbide, quien proclamó la Independencia de México —e, irónicamente, había combatido contra el cura Hidalgo a principios de la misma—, y Villa Hidalgo, en honor al Miguel Hidalgo, el llamado Padre de la Patria.

REGIÓN CAPITAL

LIBROS DE LEYENDAS DEL MISMO AUTOR:

Mitos y leyendas del norte de México. 1ra. edición: CdMx. 2024.

Mitos y leyendas de Nuevo León. 1ra. edición: SMA, Guanajuato. Octubre 2024.

Creencias, mitos y leyendas de animales. 2da. edición: SMA, Guanajuato. 2024.

Misterios - leyendas de San Luis Potosí. 2da. edición: SMA, Guanajuato. 2024.

Haciendas del Altiplano. Historia(s) y leyendas. Tomo I. *Grandes latifundios virreinales*. 2da. edición: SMA, Guanajuato. 2024.

Mitos y leyendas de huachichiles. 2da. edición: SMA, Guanajuato. 2024.

Haciendas del Altiplano. Historia(s) y leyendas. Tomo II. *De la Independencia a la Revolución*. 2da. edición: SMA, Guanajuato. 2023.

Mitos, cuentos y leyendas de Nuevo León. Regiones Citrícola y Sur. 1ra. edición: Guadalajara, Jalisco 2022.

Leyendas de todo México. Aparecidos y fantasmas. Editorial Trillas. México. 2016.

Mitos y leyendas de todo México. Editorial Trillas. México, D.F. 2010.

Los títulos subrayados están disponibles en **Amazon**, en la categoría "Biblioteca Homero Adame".

Ahualulco

"Todo o nada"

En muchas leyendas de tesoros ocultos en cuevas se dice que hay espíritus encargados de cuidarlos y su misión es evitar que alguien se lleve las riquezas. Sin embargo, en ocasiones el espíritu ofrece a una persona el tesoro sólo si se lleva todo, sin dejar nada.

En la sierra al poniente de Ahualulco hay algunas cuevas donde se han descubierto vestigios arqueológicos, como pinturas rupestres u objetos de uso cotidiano porque esas cuevas eran casa-habitación de los huachichiles.

Como leyenda cuentan que existe una cueva donde, hace muchísimos años, unos bandidos que asaltaban las conductas cargadas de plata escondieron un cuantioso tesoro. Supuestamente, mucha gente ha buscado esa cueva, pero pocos han tenido la suerte de dar con ella. En cierta ocasión, tres amigos andaban con el brete de hallar esa cueva y salieron muy temprano de Ahualulco rumbo a la sierra. Cargaron con provisiones porque pensaban quedarse a pasar las noches allá hasta encontrarla. Al tercer día, después de haber explorado varias cuevas, descubrieron una cuya entrada estaba cubierta por los matorrales. Como también llevaban lámparas, machetes, picos y palas que les habían prestado, no batallaron en abrir la entrada. Recorrieron el interior y hallaron tres ramificaciones adentro de esa cueva; examinaron cada una. Al llegar a la tercera ramificación, de pronto oyeron una voz de ultratumba que dijo: "Todo o nada".

Estos amigos sabían que en las historias de tesoros se cuenta que en ocasiones se oye una voz que dice "todo o nada", y por eso intuyeron que habían llegado al lugar indicado. Caminaron más adentro de esa ramificación y escucharon la misma voz diciendo repetidamente: "Todo o nada". Los tres respondieron: "¡Todo!" En eso, como por arte de magia se iluminó la cueva y vieron tantas barras de plata y cajas repletas de joyas que de inmediato se abalanzaron sobre ellas y empezaron a echarse en las bolsas cuanto les cupiera; de igual modo, llenaron las mochilas e incluso tiraron las lámparas y las herramientas para poder cargar todo lo que les fuera posible. Ya iban muy felices hacia la salida cuando volvieron a oír la voz que les dijo: "Todo o nada", pero como ellos sabían que era imposible cargar con todo, mejor se echaron a correr. No llegaron muy lejos porque la cueva se cerró y la voz de ultratumba les seguía repitiendo lo mismo. Ellos bien sabían que no podrían llevarse todo, así que vaciaron sus bolsillos y dejaron todo lo que habían agarrado. Cuando ya no les quedaba nada del tesoro, se abrió la entrada y así pudieron salir de la cueva. Regresaron a Ahualulco y contaron la historia a todo mundo; andaban muy tristes porque no sólo habían tenido que devolver la parte del tesoro que habían tomado, sino porque ya estaban más pobres, pues iban a tener que pagar las herramientas que les habían prestado.

La fundación de Ahualulco fue a principios de 1799, en el sitio donde había una estancia perteneciente a la hacienda de Bocas (de Maticoya), dentro de los límites zacatecanos. En 1857 pasó a formar parte del estado de San Luis Potosí, para años después recibir la categoría de municipio.

Su nombre proviene del náhuatl y existen por lo menos dos versiones de su significado: "Rincón de encinos" o "Rodeo grande". Cabe mencionar que el municipio recibe ese nombre, mientras que la cabecera municipal oficialmente se denomina Ahualulco del Sonido 13, en honor al músico Julián Carillo, originario de allí y autor de esa teoría musical.

Armadillo de los Infante

La virgen de la Purísima Concepción

Las leyendas con un contenido religioso sobre santos y vírgenes tienen muchas variantes y contextos. Algunas explican sobre la llegada o aparición de tal o cual imagen a determinado lugar, y se dice que decidió quedarse ahí, aunque su destino fuera otro. Un buen ejemplo se cuenta en Armadillo, cuya patrona es santa Isabel y tiene su nicho en la parroquia, pero la leyenda habla de cómo llegó la imagen de la virgen de la Purísima Concepción, que es la más venerada en la localidad.

Dice una versión de la leyenda que ella no estaba asignada para Armadillo, sino que unos arrieros la llevaban en su caja a otro destino y pasaron por ahí. Como se les hizo de noche, pararon a descansar. A la mañana siguiente, grande fue su sorpresa al darse cuenta de que la caja estaba abierta y la imagen de la virgen se encontraba al pie del altar principal de la iglesia; observaron el suelo de tierra y notaron las huellas de los pies descalzos de la virgen, pero no descubrieron huellas humanas. Por lo visto, se había salido sola de la caja y había decidido tomar el templo como su residencia, pues si esto hubiera sido obra de alguien, habría marcas humanas en el suelo. Además, la imagen era tan pesada que ni dos hombres hubiesen podido cargarla. Muy alarmados por ese extraño evento, le avisaron al sacerdote encargado de la iglesia. Para entonces, muchos vecinos ya habían escuchado la noticia y en la iglesia no cabía nadie más de tantos curiosos. Con tal de evitar problemas, el sacerdote dispuso que provisionalmente dejaran la imagen en ese lugar junto al altar hasta que se diera aviso a San Luis y vinieran por ella para llevarla a su destino.

Al día siguiente, llegaron varios sacerdotes de San Luis, interrogaron a los arrieros y a otros lugareños y levantaron un acta. Al concluir las pesquisas ordenaron que volviesen a preparar el embalaje para transportarlo a su destino. Tres hombres alzaron la figura sin ningún problema, pero después de meterla en su caja, ésta se hizo muy pesada y no hubo poder humano que pudiera moverla. Seis hombres intentaron primero, y nada. Luego fueron ocho y hasta diez; ni así pudieron cargarla. El séquito de sacerdotes envió aviso del extraño suceso a las autoridades eclesiásticas en San Luis, las cuales decidieron mandar a un cardenal que diera fe del milagro. Ese cardenal, experto en cosas relacionadas con fenómenos y milagros, testificó que resultaba imposible mover el embalaje. Él mismo ordenó que ataran la caja y la jalaran unas mulas, pero ni así se movió un sólo centímetro. Para cerciorarse que se trataba de un milagro divino, pidió a la gente que sacaran la imagen y trataran de cargarla hacia la salida de la iglesia. No pudieron. Luego sugirió que la llevaran hacia el altar y sí pudieron. Fue así que se tomó la determinación de que la imagen de la virgen de la Purísima Concepción se quedara en Armadillo. Sin problemas la sacaron de su embalaje y la subieron al nicho principal donde ahora reside. Desde entonces es la virgen titular de la parroquia.

Esta ciudad fue fundada en 1592 con el nombre de Valle de la Visitación de María Santísima a Santa Isabel de los Armadillos. En 1826 fue elevada a villa con el nombre por el de Villa Morelos, y a partir de 1951 volvió casi al original: Armadillo de los Infante.

Sus nombres históricos tienen varios orígenes: Armadillo, por los muchos animales de esta especie que antes había; Santa Isabel, por ser la patrona de la ciudad; Morelos, en honor a José Ma. Morelos y Pavón, y los Infante, por los hermanos Trinidad y José María Infante, quienes instalaron ahí la primera imprenta en el estado.

Cerro de San Pedro

EL GRAFES

Los mineros de cualquier parte del mundo cuentan muchas leyendas sobre espíritus que habitan en el interior de las minas. En la Región Altiplano se habla del Jergas[*], un personaje que puede ser bueno o malo, pues ayuda a los mineros en desgracia o maltrata a quienes hacen cosas malas. En otras regiones del país, como en las minas del estado de Hidalgo, a esta ánima la conocen como el Gris, y sus características son semejantes.

En Cerro de San Pedro el Grafes es una entidad legendaria muy conocida desde tiempos remotos, pues en la época de las primeras minas ya se hablaba de él. Los viejos mineros decían que el Grafes era así como un hombre común y corriente, como cualquier minero que andaba trabajando en los socavones. Vestía ropa de minero, usaba casco, huaraches y traía su antorcha como era la costumbre en aquel tiempo. Un minero como los demás, pero que nadie alcanzó a verle el rostro. Todos coincidían que se trataba de un hombre de color tan oscuro como la oscuridad misma en las profundidades de las minas.

En la actualidad, y a pesar de que la minería en este lugar es cada vez más pobre y ya casi no hay mineros ni gambusinos, muchas personas siguen platicando de tan singular espíritu. Dicen que es parecido al Jergas pero en menor escala o sea, el Jergas es un espíritu muy poderoso, mientras que el Grafes es más dócil, pues es más simpático y les hace jugarretas inocentes a los mineros cuando andan adentro de los socavones: les apaga las luces, les esconde las loncheras, les dice cosas y ahí anda haciendo travesuras. Pero si el Grafes

---

[*]   Véase **El Jergas**, en el relato correspondiente a Charcas.

quiere beneficiar a alguien, lo sigue, lo sigue y lo sigue en la oscuridad y siempre le avienta tierra o piedritas en los pies o en la espalda; si el minero capta el mensaje, entonces se da cuenta de que por ahí está la veta de plata. Esa es la manera cómo el Grafes beneficia a alguien cuando quiere hacerlo. También es dócil porque muy pocas veces castiga a un minero por malo que éste sea, como lo hace el Jergas o el Gris.

Como ejemplo se recuerda que en una de las minas había un camino de 200 que tenía 80 escalones por donde bajaban los mineros, aunque existían descansos. Uno de esos descansos era muy conocido por todos y le llamaban "el banquito"; era muy famoso porque contaban los mineros que siempre que pasaban por ahí o paraban a tomarse un respiro en ese punto, les apagaban las luces. Ellos estaban seguros de que era el Grafes quien les apagaba las luces. Cuentan que exactamente por ahí, durante una barrenación de exploración, las luces de todos los mineros se apagaban misteriosamente sin que pudieran explicarse el motivo y fue cuando encontraron oro nativo de muy buena ley, una de las vetas que más riqueza dio en San Pedro en su época de mayor bonanza.

La fundación de esta pequeña ciudad —hoy casi abandonada— sucedió en 1592, cuando se descubrieron los primeros yacimientos en uno de los cerros. Los mineros que llegaron a poblarla pronto se vieron obligados a emigrar hacia el valle de San Luis, pues en los alrededores el agua era escasa, aunque siguieron trabajando la minería por muchos años. En 1903, Cerro de San Pedro recibió el título de villa y poco después cabecera del municipio del mismo nombre. El abandono casi definitivo y la ruina se dio en 1950, aunque sigue teniendo alcaldía.

Su nombre histórico tiene como origen al distintivo cerro —ya casi desaparecido- y a Pedro de Anda, uno de los primeros españoles en pisar estas tierras, quien bautizó al lugar en honor al santo de su patronímico: san Pedro, cuya fiesta se celebra el 29 de junio.

CÓMO LOS ESPAÑOLES SUBYUGARON A LOS HUACHICHILES

En todo el territorio potosino cercano a la capital, así como en la Región Altiplano, existen relatos de los antiguos huachichiles que poblaron esta región. Muchos de esos relatos hablan de los enfrentamientos que tuvieron con los españoles, pero pocos versan sobre las creencias, costumbres o formas de vida de aquella gente del ayer. La siguiente narración, con tiene tintes históricos y de leyenda, combina ambas cosas y se dice que ocurrió en Mexquitic.

Muchos años antes de la llegada de los españoles, en toda esta región de Aridoamérica habitaban los huachichiles que se agrupaban en clanes. Cada clan tenía un líder, el cual era el chamán o sacerdote quien se encargaba de curar a los enfermos, traer las lluvias, comunicarse con los espíritus y las deidades y todo lo relacionado con los poderes ocultos de la naturaleza que sólo él conocía y comprendía. Además, los huachichiles vivían en armonía con su entorno, pero también eran guerreros muy feroces que defendían sus territorios cuando había invasiones de otros grupos o de otros clanes.

Se sabe que los españoles llegaron a estas tierras con la ambición de encontrar yacimientos de plata o de oro. Cuando descubrieron las vetas de plata, expandieron sus exploraciones y bautizaron a toda la región como "El Gran Tunal", pues los pocos frutos silvestres que cosechaban los nativos eran tunas de diversos tipos. Como los exploradores mineros encontraron gran resistencia por parte de los huachichiles –a quienes catalogaron de salvajes–, trajeron a los primeros misioneros franciscanos para tratar de pacificarlos, pero esto resultó casi imposible.

Cuando los misioneros se dieron cuenta de que los huachichiles siempre tenían a un chamán como guía espiritual y que sus creencias estaban relacionadas con los fenómenos naturales –cosa que para los frailes resultaba incomprensible– mandaron traer numerosos ejércitos para acabar con los nativos. Su excusa fue que los huachichiles eran herejes y tenían pactos con el Diablo. Al poco tiempo llegaron muchos soldados españoles y dieron inicio a la guerra contra los huachichiles, pero ni así pudieron erradicar las creencias de éstos. Como los frailes se percataron de que las armas no funcionaban contra los nativos, un día tuvieron un concilio y decidieron traer una escultura de san Miguel Arcángel, pues dijeron que si con su poder divino había expulsado al Diablo del Paraíso, con facilidad iba a expulsar a los demonios del Gran Tunal.

Una tarde llegó un grupo de arrieros que, entre otras cosas, traían la imagen de san Miguel. Para entonces, los frailes ya habían construido una ermita –donde ahora se ubica la iglesia de Mexquitic– y en el altar colocaron la figura del arcángel. Los huachichiles ni caso le hicieron. Sin embargo, como estaban perdiendo la guerra contra los españoles, su población fue disminuyendo por causa de las enfermedades y al final cayeron vencidos. Dicen que los frailes vieron esto como un milagro de san Miguel Arcángel, pues poco a poco los huachichiles sobrevivientes fueron convertidos a la religión cristiana.

Fray Diego de la Magdalena fundó este lugar en 1583, con el nombre de San Miguel de Mexquitic. Años después, de ahí partieron los hombres que fundaron Cerro de San Pedro y San Luis Potosí.

Sus nombres históricos tienen varios orígenes: Mexquitic es palabra proveniente del náhuatl que significa "Lugar de mezquites"; San Miguel, en honor al santo patrón de la localidad, el arcángel Miguel, y de Carmona en honor de un ilustre lugareño, el soldado José Damián Carmona.

EL SEÑOR DEL SAUCITO

Numerosos relatos que explican la aparición milagrosa de una imagen de un santo, virgen o Cristo tienen muchas cosas en común y se cuentan por doquier. Normalmente se dice que la manifestación fue por un don divino o porque el santo, virgen o la imagen de Cristo decidió aparecer en determinado lugar para quedarse a radicar ahí. A partir de ese hecho, considerado milagroso, la gente comienza a rendirle culto y se convierte en tradición.

Una de las leyendas más conocidas en San Luis Potosí es la del Cristo de El Saucito, un barrio al noroeste de la ciudad. Existen muchas versiones de esta leyenda y una de ellas cuenta que un carpintero andaba buscando madera para un trabajo cuando encontró un sauce. Sacó medidas y era del tamaño justo que necesitaba. A la mañana siguiente, fue con el hacha para cortar el árbol; al remover la corteza del tronco tuvo la visión de una imagen de Cristo en la madera viva. No era una imagen perfecta, pero sí de un Cristo y tomó la decisión de no cortarlo para hacer los muebles que pretendía fabricar con la madera.

El carpintero tumbó el sauce y se lo llevó a su casa. Empezó a tallar la madera para entresacar la figura crística tal y como se la había imaginado en su visión. Cuando la concluyó fue a mostrársela a un sacerdote y le preguntó: "¿No le halla semejanza con nuestro Señor Jesucristo?" El sacerdote se rascó la cabeza, la vio por todos lados y respondió afirmativamente; dijo estar muy sorprendido con el trabajo tan fino que había hecho el carpintero. Entonces éste le dijo al sacerdote: "¿Y qué tal si hacemos una capillita?" Y el sacerdote dijo que sí, pero que primero debía pedir autorización al fray.

Mientras el sacerdote conseguía la autorización de levantar una capilla, el carpintero puso la escultura afuera de su casa-taller porque era tan chiquita que le estorbaba. Dejó la escultura recargada sobre una pared de la calle, y todas las personas que pasaban por esa carpintería comenzaron a decir que el Cristo era muy milagroso. Se fue corriendo la voz, primero entre los vecinos y luego entre los habitantes del centro y también de otras partes, y todos los que venían a ver la imagen aseguraban haber recibido un milagro de ella. La fama del Cristo se extendió por doquier.

Esto llegó a oídas del fray quien dijo: "¡Cómo es posible que tengamos una gran figura de Cristo y un gran culto alrededor de ella y no esté en una capilla consagrada por nosotros!" De inmediato ordenó que se empezara a levantar un templo para lo cual los lugareños mismos aportaron dinero o trabajo para la construcción.

El fray un día por fin fue a conocer la milagrosa imagen y dicen que no le gustó. Incluso se la llevó para esconderla y hasta pensó en quemarla y mandar hacer otra, pues dijo que no era una escultura hecha por encargo de la Iglesia y que, además, estaba muy burda y que la madera así como estaba ya ni para hacer una mesa servía. La gente se enojó muchísimo y le exigieron que la regresara o, si no, iban a destruir todas las iglesias de San Luis. Al darse cuenta de que el culto a esta imagen era más fuerte de lo que había pensado, el fray le pidió al carpintero que la corrigiera. Entonces, según cuentan muchas personas, la figura del Cristo que se encuentra en el altar de El Saucito es la original pero mejorada.

UN TESORO EN
EL PALACIO MERCANTIL

El Palacio Mercantil ha sido epicentro de la vida comercial en la capital potosina. Su construcción, que inició en 1892 y se concluyó en 1898, es de estilo francés con diseño del arquitecto franco-canadiense Henri Guidon, quien se apegó al esquema y estilo de su época, con locales comerciales a nivel calle y departamentos o casas-habitación en la segunda planta. Ferreterías, tiendas de ropa, mueblerías, zapaterías han sido los giros comerciales más destacados que han dado vida y actividad a ese edificio. Históricamente se sabe que hacia los años 20 del siglo pasado, varias familias judías ashkenazitas que llegaron de Europa del Este (Polonia, Lituania, Ucrania y Bielorrusia) rentaron varios de esos locales comerciales, así como los departamentos en la parte superior. De cierto modo podríamos decir que el Palacio Mercantil en aquellos años fue el centro de la casi comunidad judía en San Luis Potosí, pues también sabemos que en uno de los departamentos de la parte superior hacían sus reuniones y fiestas sagradas, como el Rosh Hashaná (Año nuevo), Yom Kippur (Fiesta del Perdón), Jánuca (fiesta decembrina de las luces), Pesaj (Pascua), además de sus cenas de Shabat cada viernes por la noche.

De aquellos judíos se cuenta que fueron personas muy trabajadoras, que llegaron siendo muy pobres, que empezaron a ganarse la vida vendiendo lo que fuera de puerta en puerta, en abonos, y de ese modo salieron adelante y muchos hicieron buena fortuna. Cuentan que de entre todos ellos, hubo uno que destacó de los demás porque de la noche a la mañana se hizo tan, pero tan rico que hasta compró un edificio también con locales comerciales que rentaba a otros comerciantes y los pisos superiores los rentaba para vivienda.

¿Cómo hizo su fortuna? Según cuentan algunas personas, ese judío empezó con un changarro por el lado de la calle Morelos donde vendía fiado, en abonos y su mujer estaba todo el día al frente del negocio porque ese señor tenía un carretón y se iba a las orillas de San Luis a vender en abonos también. Como le iba bien en ese local y para ya dejar de andar yendo a las orillas a vender y cobrar los abonos todas las semanas, quiso ampliarse y entonces consiguió el local de al lado que se había desocupado. Para poder juntar los dos locales había que tumbar una pared y hacer modificaciones, y para eso pidió permiso al dueño del edificio y sí, le concedieron el permiso siempre y cuando no alterara el estilo de la fachada. Durante la remodelación, abajo del piso encontró un esqueleto enterrado con una caja llena de monedas de oro. Así fue como el judío se hizo muy rico de la noche a la mañana y compró el edificio para rentar locales a otros comerciantes y también ayudó a sus parientes económicamente.

Esto habrá sido a finales de los años 30 y no se sabe qué sucedió con el esqueleto, pero se cree que lo dejó allí mismo para no tener que dar explicaciones a las autoridades. Ahora se cuenta que hace pocos años estaban remodelando una ferretería en el Palacio Mercantil y encontraron un esqueleto, pero lo volvieron a enterrar en ese mismo lugar para evitar las explicaciones a las autoridades. Parece ser que el destino de ese esqueleto es no recibir cristiana sepultura.

Nota: para saber más sobre los judíos potosinos consulte el libro *Judíos ashkenazitas en San Luis Potosí. Las familias* de Homero Adame, Jesús Garza Herrera y Emilio Borjas Rubín de Celis, publicado originalmente en 2019 y disponible en Amazon desde 2024 para formatos impreso o digital.

LA BAILARINA

La mayoría de los teatros de México y del mundo tienen sus misterios y leyendas, desde aquellas que hablan de ruidos inexplicables hasta las que incluyen apariciones fantasmales. Los teatros de San Luis Potosí no son la excepción, sin importar cuán antiguos o nuevos sean, y un buen ejemplo es el Teatro de la Paz, considerado el símbolo más importante de la cultura potosina. Su construcción inició en 1889 y fue inaugurado en 1894; antiguamente formó parte del convento de los Carmelitas y en un tiempo posterior el edificio albergó un hotel y luego un hospital, hasta que fue derribado para levantar el teatro.

Una de las leyendas con mayor misterio acerca de dicho teatro es la de la bailarina, la estatua de bronce que se encuentra en la entrada, al centro del lobby. Se cuentan diversas versiones incompletas de esa leyenda, pero todas coinciden en que una vez al año deja de ser estatua para convertirse en mujer de carne y hueso y, cuando lo hace, baila sola en el vestíbulo. La estatua es relativamente nueva, pero si consideramos la antigüedad del recinto no resulta raro que la gente cuente historias que no se pueden explicar.

Una versión de la leyenda explica que el día 20 de noviembre de cada año, la bailarina baja del pedestal y danza al ritmo de un piano. Como tal día es de asueto nacional, el teatro cierra sus puertas y solamente se quedan en el interior los guardacasas y los veladores de turno. Algunos de ellos –de diferentes generaciones–, son los que han contado que de la nada primero oye la música producida por un piano que nadie toca y luego se percatan de que la bailarina de la estatua se ha bajado del pedestal, transformada en persona real y comienza a dar piruetas de ballet en el vestíbulo.

Como bien sabemos que las leyendas pasan de voz en voz, uno puede pensar que los guardacasas y veladores van pasando esta historia de generación en generación, narrándola como si en realidad la hubieran visto ellos mismos. Sin embargo, cuando más de dos personas afirman haber tenido una experiencia inexplicable similar, es porque esto encierra algo de verdad. Cierto o no, el hecho es que esta historia es una de las más fabulosas de este teatro porque la bailarina es una figura de bronce tangible que podemos ver siempre en su pedestal y, si un 20 de noviembre no está en su lugar habitual, ha de ser porque se bajó a bailar.

La fecha exacta de la llegada de los primeros españoles a la ciudad de San Luis Potosí es desconocida, pero se cree que fray Diego de la Magdalena estableció un campamento de huachichiles —justo donde se localiza la Plaza de los Fundadores— un 25 de agosto (día de la fiesta patronal) de 1587 o 1588. Para entonces ya existía el pueblo de Mexquitic, desde donde partieron los mineros al descubrir las minas de Cerro de San Pedro. Posteriormente, en 1592 se fundó San Luis Minas del Potosí, con aquellos mineros que buscaron un lugar con agua para avecindarse. En 1658 recibió el título de ciudad, ya con el nombre actual. Siglos más tarde, en 1824, se constituyó el estado libre y soberano de San Luis Potosí, teniendo a esa ciudad como su capital.

Su nombre es en honor a san Luis IX quien fuera Rey de Francia de 1226 a 1270, mientras que Potosí proviene de Cerro de Potosí, un rico mineral en Bolivia cuyas características, se dice, son similares a las de Cerro de San Pedro. En lengua aymará (de Bolivia), Potosí significa "Cerro tronante".

San Nicolás Tolentino

ANTES ASUSTABAN EN LA IGLESIA

En muchos recintos religiosos de México se cuentan leyendas de seres fantasmagóricos que aparecen por las noches. Se cree que sean las ánimas de frailes, sacerdotes o monjas que allí pasaron gran parte de sus vidas monásticas e incluso, después de la muerte, de algún modo siguen apegados al lugar. O bien, es probable que se trate de alguien que fue enterrado en el interior, pues hasta hace algunas décadas, en la mayoría de los templos daban sepultura a la gente prominente de la localidad, así como a ciertos clérigos.

Muchas personas recuerdan que antiguamente se rumoraba que en el interior de la iglesia de San Nicolás Tolentino se oían ruidos y espantaban en la noche. En aquellos años, cuando no había luz eléctrica y el número de habitantes era escaso, la última misa era oficiada al atardecer para que los feligreses regresaran a sus casas antes de la penumbra. Al concluir la misa, el sacristán se encargaba de cerrar el templo. Para esto, todos los sacristanes de distintas épocas decían que ya en la oscuridad siempre oían que las bancas tronaban y sentían como si alguien quisiera tocarlos. El ruido emitido por las bancas tenía una explicación: por ser de maderas antiguas ya secas, entonces rechinaban, pero el sentimiento de una presencia sobrenatural que pretendiera tocarlos fue para ellos un misterioso sin respuesta. Pero eso no era todo: si alguien permanecía hasta muy tarde en el pequeño atrio, también sentía que lo asustaban y oía ruidos extraños provenientes del interior. Y esto no le sucedía sólo a una persona, sino a dos o más cuando estaban en grupo platicando afuera en el atrio.

Finalmente, la explicación a este fenómeno se dio a raíz de una remodelación que hicieron en una parte de la iglesia y del atrio. Justo al pie de la puerta principal, debajo del piso, descubrieron las lápidas de dos tumbas que nadie sabía que estuvieran ahí. Se trataba de dos lápidas con aspecto humilde, hechas de piedra y no de mármol; los nombres y las fechas inscritas eran ilegibles. Por acuerdo del pueblo y del párroco, se decidió respetar esas tumbas para que las ánimas de quienes en ellas descansan —tal vez sacerdotes del pasado o personas prominentes de la localidad— continuaran haciéndolo por toda la eternidad.

Entonces, el párroco organizó una misa especial para las ánimas de esas tumbas y todos los vecinos acudieron como si se tratara de una misa de cuerpo presente. Al terminar la ceremonia, el sacerdote y sus ayudantes pasaron los inciensos y rociaron las tumbas con agua bendita. Después, cada persona arrojó un puñado de tierra y flores hasta que ambos sepulcros quedaron cubiertos de nueva cuenta. Por último, los albañiles taparon esa parte con cemento para luego seguir con los arreglos del piso. Dicen que a partir de ese día, nadie ha vuelto a decir que lo asusten adentro o afuera de la iglesia, aunque los crujidos de maderas continúan, pero sin asustar a nadie. Juan.

LOS CAPAS BLANCAS

Tanto en el municipio de San Nicolás Tolentino como en otros municipios aledaños cuentan que hace muchos años, en tiempo antes de la Independencia, hubo un grupo de asaltantes que era el terror de la Región Media. Se le conocía como "la banda de la Capa blanca" o "los Capas blancas" porque sus integrantes se distinguían por las capas blancas que usaban durante sus reuniones sociales en Rioverde, en Ciudad del Maíz o en algunas haciendas ricas de la región. Supuestamente, esa banda estaba formada por hombres adinerados y prominentes de Rioverde, aunque hay versiones que cuentan que, en realidad, vivían en Ciudad del Maíz y que eran trece los integrantes principales, diez de la familia Gutiérrez y tres de la familia Barragán, lo cual supuestamente explica el apellido Díez Gutiérrez de un ex gobernador de San Luis Potosí, pero ese es otro cuento.

Cuando a alguno o varios de los Capas blancas se le veía andar por las calles de Rioverde, nadie imaginaba que fuera uno de aquellos ladrones famosos y perseguidos por sus fechorías, pero no por sanguinarios porque no lo eran. Ellos se enfocaban a robar las diligencias que llevaran cargamentos de plata provenientes de Zacatecas, Real de Catorce, Charcas o Cerro de San Pedro con destino España vía Tampico o Veracruz, aunque también ocasionalmente aprovechaban para robar haciendas cuyos dueños no eran de su agrado.

Hacia el final del tiempo virreinal se creó el Cuerpo de caballería de frontera del Nuevo Santander y tuvo una guarnición en Rioverde. El capitán de esa caballería era un tal Florencio Barragán, cuya hijastra estaba casada con un tal Pablo Verástegui. Se cuenta que alguien denunció a este Pablo como jefe de los Capas blancas y que fue aprehendido. Ni siquiera su suegro lo pudo salvar y murió fusilado. Sin embargo, se dice que nadie hubiera imaginado que el verdadero jefe de los Capas blancas era nada menos que Florencio Barragán, el mismísimo capitán cuya misión era proteger a la población y los bienes de la gente.

Aunque se pudiera pensar que la pequeña ciudad de San Nicolás Tolentino estaba un poco fuera del ruta y del interés de esos bandoleros, lo cierto es que en territorios del municipio se ubicaba la hacienda de Santa Catarina, que era un paso natural de la ruta San Luis Potosí - Rioverde y por ahí los integrantes de la banda de la Capa blanca asaltaban las diligencias y luego se internaban en tierras y parajes montañosos del ahora municipio, como la Cañada del Aguacatal o la laguna de Santo Domingo donde se encuentra la presa de Las Golondrinas, y escondían las riquezas en cuevas que sólo ellos conocían.

Mucha gente ha buscado esos tesoros, pero no se sabe de alguien que haya encontrado algo de gran valor, excepto objetos y monedas tal vez tiradas o perdidas durante la revolución cedillista que tanto afectó la región. Creen saber dónde puedan estar los tesoros de los Capas blancas porque hay quienes cuentan que han visto apariciones o caballadas fantasmales cerca de abras y cuevas, así como han oído ruidos de cadenas en lugares despoblados, en los llanos, en la serranía o cerca de la presa Las Golondrinas. Cuentan también de un aviador que andaba por la zona y divisó una caballada blanca, dio vuelta en su avioneta y bajó la altitud para observar más de cerca esos caballos que huían como en estampida. De pronto, desaparecieron. El piloto sobrevoló la zona y vio algunas cuevas, pero no supo decir si allí se metieron los caballos o qué. Hay quienes creen que eran caballos fantasmales de los que montaban los Capas blancas.

Se cree que la fundación de San Nicolás Tolentino pudo haber sido en 1614, con familias españolas y tlaxcaltecas, en territorios habitados por caxcanes y con presencia de macolíes y mascorros. Debido a que no existen archivos, la fecha más antigua documentada es 1673 porque se menciona que ya había una iglesia. En 1823 se le otorgó la categoría de villa y en el año de 1827 se convirtió en cabecera municipal, dentro del partido de Guadalcázar, cuando la entidad estaba seccionada en partidos que comprendían a varios municipios.

Su nombre es en honor al santo patrón de la localidad, cuya fiesta se celebra el 10 de septiembre.

Santa María del Río

El túnel y el monje emparedado

Los túneles forman parte de las leyendas de muchos pueblos y ciudades, pero más que leyendas, en algunos casos son historias sustentadas porque alguien ha encontrado alguna entrada o ha recorrido parajes subterráneos que forman parte del ramal. Sin embargo, el toque de leyenda surge gracias a lo que se platica de este tipo de lugares, como son tesoros, fantasmas o cualquier otro misterio.

Se dice que en Santa María del Río hay por lo menos un túnel que debe tener varias ramificaciones. Cuentan que una de sus entradas debe estar en una parte junto al ex convento donde ahora existe un taller de rebozos. Antes había personas que lo recorrían y luego platicaban que tenía salidas al seminario, a la parroquia de la virgen de la Asunción y a la capilla de la virgen de la Purísima, además de otras salidas en las casas antiguas. Pero en la actualidad no se habla mucho de gente que pueda recorrer tramos o el túnel completo porque, según dicen, algunas paredes ya están caídas por abajo y otras fueron tapiadas.

En las pláticas de antes contaban que los misioneros y la gente rica construyeron esos túneles con la ayuda de indígenas hñähñü (otomíes) —aliados de los españoles— con el propósito de refugiarse de los ataques de los nativos huachichiles que se resistían a la pacificación y, en ocasiones, eran muy violentos. Después, los túneles sirvieron de refugio y de escape durante las guerras que hubo, como la Independencia y luego la Revolución.

Muchos lugareños platican de tesoros en las casas más antiguas de la ciudad y dicen que en algunas de ellas debe haber entradas a esos túneles donde seguramente hay todavía riquezas ocultas. Nadie cuenta que encontró un tesoro, pues lo cierto es que si alguien ha encontrado algo mejor calla para no provocar envidias.

Antes se contaba que en el convento salía el fantasma de un monje, que lo veían caminar por una de las habitaciones hasta desaparecer como si se lo tragara la tierra. Por tal razón piensan que por ahí debe haber una entrada al túnel. Sin embargo, con las muchas remodelaciones que se han hecho en esa propiedad, como cambios de piso, la entrada está perdida; ya nadie sabe en dónde se localiza exactamente.

La aparición de ese monje tiene como fundamento una antigua plática. Se dice que un monje recluido fue castigado por alguna falta o pecado grave que cometió. El castigo consistió en emparedarlo, es decir, encerrarlo entre paredes como si estuviese enterrado vivo de manera vertical o parado. Cuentan que se trataba de un simple un castigo de dos o tres días, pero cuando fueron a sacarlo lo hallaron muerto, posiblemente por asfixia, y para que no tener problemas con las autoridades eclesiásticas de la época, mejor tapiaron esa pared a cal y canto y así se perdió el punto exacto de aquella "tumba maldita". Es por esa razón que, dicen, aparece el fantasma del monje, pues su ánima sigue penando y no ha encontrado descanso, toda vez que no fue sepultado en un camposanto, aunque el convento en sí mismo era un lugar sagrado.

No se tiene la fecha exacta de la fundación de Santa María del Río, pues existen por lo menos dos versiones. Una consigna que fue en 1542 y la otra, en 1589. El título de ciudad lo recibió en 1871 y desde entonces ha sido cabecera del municipio del mismo nombre.

Su nombre es en honor a Santa María, la patrona de la localidad, cuya fiesta de la asunción se celebra el 15 de agosto; del Río hace referencia al río que cruza la ciudad.

SOLEDAD DE GRACIANO SÁNCHEZ

NO CREÍA EN LAS BRUJAS

Las leyendas mexicanas sobre brujas se cuentan por doquier y muchas afirman que las brujas tienen el conocimiento de convertirse en lechuzas (o en cualquier otro animal) y salen en las noches a hacer sus brujerías. Sin embargo, es importante señalar que muchas veces las leyendas de brujas son en realidad historias de curanderas; en otras palabras, bruja y curandera no son sinónimos pero sí causan confusión.

En el tema de las brujas existen infinidad de variantes y diversos tipos de desenlace. Por ejemplo, en ciertas ocasiones, esas mujeres andan haciendo males; en otras, salen perdiendo, y en no pocas, propinan un castigo, como una historia muy conocida en Soledad acerca de un muchacho que no creía en las brujas. Los lugareños afirman que en las tardes, cuando oscurece, es habitual que las lechuzas se paren en los árboles –por ejemplo, en los pirules– y como hacen un ruido extraño, la gente dice que chiflan.

Esta historia es la de un muchacho que todas las tardes pasaba caminando o en bicicleta frente a La Constancia –un lugar donde había muchos pirules–, y siempre oía que las lechuzas estaban como chiflando. Él no creía en eso de las brujas, pero de todos modos les decía de cosas a las lechuzas, como burlándose: "Ay, sí, lechuzas buenas para nada, ustedes no son brujas". "Ándenles, lechuzas carajas, si en verdad son brujas conviértanse en mujeres". "Las brujas no existen y menos se transforman en lechuzas". Y así les decía cosas como esas, y otras peores. Además, si andaba a pie agarraba piedras y se las tiraba a las lechuzas, pero nunca alcanzó a pegarle a ni una.

Una tarde pasó el muchacho caminando y estaban las lechuzas en un árbol chiflando como de costumbre. Entonces él comenzó a decirles un montón de maldiciones y levantó unas piedras del suelo para aventárselas. En eso, las lechuzas se bajaron del árbol y primero revolotearon alrededor de la cabeza del muchacho y le tumbaron el sombrero, luego empezaron a golpearlo con las alas. Él gritaba a todo pulmón pidiendo ayuda y la gente que iba pasando por ahí se detuvo a mirar aquel espectáculo tan fuera de lo común.

Después de varios minutos, los transeúntes vieron cómo las lechuzas se convirtieron en personas de carne y hueso y fue cuando decidieron intervenir, pues un grupo de mujeres furiosas estaban golpeando al muchacho de manera muy violenta. Al darse cuenta de que había mucha gente alrededor, las brujas se volvieron a transfigurar en lechuzas y se fueron volando, risa y risa. Entretanto, rescataron al muchacho y lo llevaron a una clínica. Allá los doctores descubrieron que aparte de los moretones ocasionados por los golpes, también traía bastantes chupetes porque las brujas le habían chupado la sangre.

Cuentan que desde entonces aquel muchacho sí cree en las brujas y cuando ve lechuzas nunca les dice nada ni las molesta.

Se desconoce la fecha de la fundación de este lugar que originalmente se le conocía como Los Ranchos. Hacia 1758 se le conocía como Paraje y Puesto de los Ranchos de Nuestra Señora de la Soledad, gracias a una ermita levantada por los vecinos, donde ahora se ubica la parroquia. Después lo nombraron Villa de Soledad y en 1827 se le cambió por el de Soledad Diez Gutiérrez. Sin embargo, en 1988 le hicieron otra modificación para llamarlo Soledad de Graciano Sánchez, de manera oficial.

Sus nombres históricos tienen varios orígenes: Ranchos, por las rancherías en los alrededores; Soledad, por la patrona de la localidad, cuya fiesta se celebra el 15 de septiembre; Diez Gutiérrez, por un ex gobernador, y Graciano Sánchez, por un ilustre lugareño.

Tierra Nueva

El ánima de un sacerdote

Las leyendas de espectros fantasmales que aparecen en los recintos sagrados se cuentan en muchas partes del mundo y también son comunes en México. Un ejemplo es leyenda de Tierra Nueva donde hace muchos años hubo un canónigo a quien la gente le tenía gran cariño. Al cabo de un tiempo, en la diócesis decidieron cambiarlo a otra parroquia y enviaron la orden. Al correrse la voz entre los feligreses, no estuvieron muy contentos y una comitiva fue a rogarle al obispo de San Luis que no transfirieran a su bien amado sacerdote. El señor obispo entendió las razones y le permitió al canónigo seguir ahí más tiempo; duró en Tierra Nueva hasta el día de su muerte porque sus restos se los llevó su familia a su lugar de origen. Dicen que ese padre fue quien se encargó de renovar la decoración de la iglesia y, entre otras cosas, mandó hacer las pinturas que en aquel tiempo eran muy hermosas y le daban un aspecto señorial.

No se sabe si la misteriosa aparición de un sacerdote en la iglesia esté relacionada con aquel canónigo o si se trate de otro de diferente época. Hay quienes afirman que en la época cuando el piso era entarimado, casi todas las tardes se oían los pasos, pero ahora el sonido es más tenue. Otros dicen que han visto una figura fantasmagórica vestida con la típica sotana negra usada por los padres. Según esto, es como la sombra misteriosa de un sacerdote antiguo, pues su atuendo es diferente al que usan los padres ahora y, además, esa ánima no camina como uno, sino que más bien flota, levita a pocos centímetros del piso. Muchas personas que les ha tocado percibirla aseguran que sólo se ve, pues no se oye que hable o que rece. Sin embargo, la mayoría coincide que sólo se oían los pasos.

Cuentan que en una ocasión andaba la encargada de la iglesia con sus sobrinos chiquitos preparándose para cerrar. La última misa había terminado y no quedaba ningún feligrés en el interior; el párroco ya se había ido también. La mujer ya había cerrado casi todas las puertas y sólo faltaba la principal. Cuando estaban a punto de salir, sus sobrinos le preguntaron si el padre iba a quedarse adentro —ellos no sabían que él ya se había ido minutos antes— y le dijeron a su tía que no cerrara todavía porque el padre andaba entre el altar y el nicho que está a un lado. Ella les preguntó si estaban seguros que era el párroco porque supuestamente ella no lo había visto; ellos respondieron que sí. De todos modos, la señora apagó la luz y cerró el portón, pero no les quiso decir a los niños que lo que habían creído ver era nada menos que el espectro de un sacerdote; prefirió callar para no asustarlos, pues, dicen, si los niños se asustan con algo así luego ya no quieren ir a la iglesia.

Se supone que ella también vio al fantasma esa noche, así como lo ha visto en muchas ocasiones más y nunca ha sentido miedo porque se trata de un espíritu bueno de alguien que pasó gran parte de su vida consagrado a la iglesia.

La fundación de esta ciudad fue en 1712 y se le dio el nombre de San Nicolás de Tierra Nueva Río de Jofre. En 1827 se le dio la categoría de municipio y el nombre oficial de la cabecera quedó simplemente como Tierra Nueva.

El nombre, según sus orígenes, hace alusión a un nuevo territorio adjudicado dentro de los límites estatales; San Nicolás, por el santo patrono de la localidad, cuya fiesta se celebra el 10 de septiembre, y Río de Jofre, por un río que ahora desemboca en la presa La Muñeca que abastece de agua a la región.

Cabe mencionar que el nombre de este lugar en ocasiones se escribe erróneamente como Tierranueva.

Villa de Arriaga

Una momia

Existen dos tipos de momificación, la inducida por embalsamamiento (como las mundialmente famosas momias de Egipto) y la natural (como el caso de las momias de Guanajuato). Este proceso natural se debe a ciertas condiciones del suelo, como humedad relativa y determinados minerales, los cuales permiten que un cuerpo se conserve casi intacto por mucho tiempo, aunque tenga un aspecto acartonado.

Cuentan en Villa de Arriaga que hace algunos años se dio un caso muy raro cuando murió un lugareño y fueron a enterrarlo al panteón. De acuerdo con las costumbres, si la tumba está ocupada por un muerto anterior, entonces sacan los restos para meterlos en una caja más pequeña y así dar cabida al nuevo difunto. El caso fue que al momento de exhumar la osamenta de la madre de aquel hombre, se dieron cuenta de que el cuerpo de la mujer estaba casi íntegro y tenía el aspecto de una momia. Para sorpresa de todos los deudos, los presentes y los curiosos, la cabellera de esa señora se notaba gris, pero completa; sus uñas habían crecido un poco; la ropa no mostraba gran deterioro, y lo único que la hacía ver como difunta eran los huecos de las órbitas de sus ojos y su dentadura amarillenta. La apariencia de una momia lo daba la piel seca como si fuese de cartón. Además, la mortaja de esa mujer tampoco mostraba señales de descomposición.

El camposantero fue el encargado de sacar los restos anteriores para meterlos en un ataúd más chico que ya tenían listo a un lado, pero como se percataron de que la mortaja estaba íntegra y la mujer momificada, uno de los hijos de ella fue de inmediato a comprar una sábana nueva. A su regreso, el panteón estaba repleto de curiosos, pues se había corrido la voz por todo el pueblo. Ya con la nueva sábana, volvieron a amortajar a la difunta y la enterraron otra vez. Después, cubrieron bien a la momia, le pusieron una loza encima y luego ya pudieron inhumar al hombre que iban a sepultar ese día.

Horas más tarde, el camposantero platicó que ese fenómeno se le hizo muy extraño, pues a él no le había tocado ver casos similares durante su larga trayectoria como enterrador. Explicó que el cadáver de la difunta tenía veinticinco años de estar en esa tumba y él mismo la había enterrado en un tiempo cuando hubo pocos muertos en Villa de Arriaga. El camposantero añadió que al exhumar a esa mujer, se extrañaron que tuviera las características de las momias de Guanajuato –lo cual fue confirmado por varias personas que conocían a las famosas momias– y muchos de los presentes se asustaron por eso, ya que pensaron que tal vez el ánima podría andar penando porque su cuerpo no había encontrado descanso al no haberse convertido en cenizas, como sugiere la tradición cristiana. Entonces le pidieron al sacerdote que dijera unas oraciones especiales para casos como ese y todos rezaron conjuntamente por la paz eterna de su alma.

Para el año de 1685, en esta región ya existía la hacienda de Gallinas que empleaba a varias familias. Cuando éstas crecieron en número, algunos de los hijos no consiguieron trabajo ahí y tuvieron que buscar otras opciones de sustento. Así fue como en las cercanías creció una comunidad agrícola conocida como El Gallo, la cual, a partir de 1874, se llama oficialmente Villa de Arriaga.

Es probable que su nombre original, El Gallo, haya sido una derivación del de la hacienda Gallinas, mientras que el nombre actual es en homenaje a Ponciano Arriaga, el "Benemérito del Estado".

VILLA DE POZOS

UN TÚNEL[*]

Los túneles son motivo de fascinación en muchas partes del mundo, acaso por el halo de misterio que les rodea. Lo cierto es que son estructuras arquitectónicas, subterráneas que cumplen diversas funciones, por ejemplo, transporte de personas y/o mercancías, canalización de agua o conectar tiros y socavones de mina, entre otras. Durante la época virreinal, en muchas ciudades mexicanas se construyeron túneles con el propósito de comunicar iglesias, conventos, monasterios y edificios públicos y privados importantes, o bien, como medio de protección y escape ante cualquier eventualidad belicosa. En la actualidad, muchos de esos túneles son atractivo turístico, mientras que en otros casos son simplemente parte del imaginario colectivo. Algunos son meramente sótanos o criptas y otros no son más que quimeras, como el que se dice conecta el templo del Carmen en la capital potosina con la ex hacienda del Carmen a más de 50 km de distancia o el que supuestamente corre por más de 40 km desde la ex hacienda La Sauceda, en el municipio de Zaragoza, hasta el centro de la ciudad. En Villa de Pozos, cuyo templo parroquial está dedicado a San Francisco, aproximadamente a 12 km del templo de San Francisco en la capital, también se habla de un largo túnel que conecta ambas iglesias franciscanas:

En historias de familia, se cuenta de un hombre que fue el sacristán en el templo de Villa de Pozos y solía contar que por órdenes del sacerdote bajaba al sótano para encender

---

[*] Nota: una versión de este relato se publicó originalmente en 2023, en la 2da. edición del libro *Misterios: leyendas de San Luis Potosí* como complemento a la entrada titulada "San Francisco y los túneles", pp. 85-89. El libro está disponible ún Amazon en formatos impreso y digital.

velas y dejar agua y flores. Eso hacía todas las tardes antes del anochecer —en la llamada hora de las ánimas— con el propósito de velar por el descanso eterno de las ánimas de los sacerdotes sepultados en las criptas subterráneas. El sacristán bajaba por una escalera a un lado del altar y ponía las ofrendas y luego rezaba junto con las ánimas, o sea que él oía a las ánimas rezar y las acompañaba en el rosario.

Muchos lugareños han escuchado esta historia, pero no saben si ese subterráneo sea catacumbas o el acceso a un túnel que puede ir al cementerio. Al parecer, hace muchos años hicieron arreglos en la iglesia y ya no existe la entrada al sótano o al túnel; la tapiaron.

Tal vez sí se trate de la parte de un túnel porque en Villa de Pozos platican mucho de un túnel con varias ramificaciones que conectan las casas prominentes del centro con el templo. Y también cuentan que en tiempos pasados, en épocas de guerras, los frailes franciscanos podían ir y venir a la capital por abajo para conseguir víveres o ayudar a sus hermanos de fe. Lo que no se especifica es si el túnel sea tan amplio como para ir en caballo o en carreta.

El origen de Villa de Pozos se remonta a 1592, cuando Diego de Tapia fundó una hacienda de campo para abastecer de productos agropecuarios a los pueblos con creciente actividad minera. En las siguientes décadas se establecieron haciendas de beneficio de los metales extraídos de Cerro de San Pedro.

En 1810 se hizo una delimitación territorial de San Francisco de los Pozos. El 19 de julio de 1826 fue elevado al rango de municipio libre con el nombre de Pozos, el cual mantuvo hasta el 10 de octubre de 1946, cuando su territorio fue anexado al municipio de San Luis Potosí con el nombre de Villa de Pozos.

El 23 de julio de 2024, por decreto aprobado por la LXIII Legislatura del Congreso del Estado y a partir de una porción territorial tomada del municipio de San Luis Potosí, Villa de Pozos se convirtió en el municipio número 59 del estado.

VILLA DE REYES

CUMPLIÓ UNA MANDA PARA RECIBIR UN TESORO

Las historias y leyendas mundiales y mexicanas de tesoros tienen infinidad de variantes y un sinnúmero de desenlaces, como por ejemplo, las ánimas que andan penando y buscan a alguien para que pague por ellas una manda pendiente a cambio de un tesoro, tal como cuentan que le sucedió a un vecino de Villa de Reyes.

Éste era un hombre muy pobre que apenas sacaba con su trabajo para vivir apenas. Sufría mucho porque no tenía para mantener a su familia. Sin embargo, como era un hombre muy trabajador, un buen día le tocó la suerte de encontrarse a un ánima que le ofreció un tesoro, pero a cambio tenía que ayudarle a cumplir una manda, una promesa. Ésta consistía en que el hombre debía ir de rodillas desde Villa de Reyes hasta San Juan de los Lagos, en el estado de Jalisco. El hombre estuvo de acuerdo, pero luego de pensarlo varias veces se le hizo mucha la distancia, pues bien sabía que si los sanjuaneros que van caminando a San Juan de los Lagos llega casi muriéndose de agotamiento, irse de rodillas sería mucho peor. De todos modos, en la noche antes de partir tuvo la certeza de poder cumplir la promesa... pero a su manera.

En la mañana se subió a un autobús, se arrodilló y así se fue desde Villa de Reyes hasta el mero San Juan. Llegó a San Juan de los Lagos con las rodillas entumidas y adoloridas, pero sintiéndose muy satisfecho por haber cumplido su promesa. El ánima lo estaba esperando allá, en el atrio, y le dijo: "Bueno, no hiciste exactamente lo que te pedí; por eso, para darte el tesoro ahora sólo te pido que te claves unos clavos en los tobillos y te vayas caminando desde aquí hasta al pie de la imagen de la virgen". El hombre no tuvo inconveniente con eso y fue a comprar unos clavos en una ferretería, donde incluso pidió prestado un martillo. En el atrio se clavó los clavos, pero nada más alcanzó a dar como cien pasos porque comenzaron a dolerle mucho los tobillos ensangrentados. Se detuvo, volteó a mirar a todas partes y como ya no vio al ánima, entonces se quitó los clavos y se encaminó muy campante al interior de la iglesia. A los pies de la virgen dijo unas oraciones por el espíritu que buscaba descanso.

Él pensó que ya había terminado de cumplir la manda y se fue de regreso a Villa de Reyes. Cuando llegó, el ánima estaba esperándolo y le dijo: "Hiciste trampa y por eso no te voy a dar todo porque sólo caminaste como la tercera parte del camino del atrio hasta los pies de la virgen. Entonces así nada más te voy a dar la tercera parte del tesoro". Y sí, le dio la tercera parte del tesoro, o sea que el ánima sí cumplió su promesa, y eso que nada más era la tercera parte.

Aunque el dinero que recibió era mucho y no lo despilfarró a lo tonto, con el paso del tiempo se le fue acabando. En eso el hombre volvió a encontrarse al ánima que andaba penando y le dijo: "Oye, te cumplo una promesa si me das lo que sobra del tesoro. Me clavo unas pencas de nopal, una en el pecho y otra en la espalda, y te juro que me voy caminando desde aquí hasta San Juan con las pencas clavadas". El ánima estuvo de acuerdo con darle el resto del tesoro a cambio de ese sacrificio.

Entonces el hombre se fue caminando desde Villa de Reyes hasta San Juan de los Lagos con las pencas clavadas en la espalda y en el pecho como había prometido. Dicen que llegó casi muriéndose, pero el ánima lo estaba esperando y sí le entregó luego todo el resto del dinero porque había cumplido la promesa. A partir de ese momento, el ánima encontró el descanso que buscaba, pues por un lado ya había entregado aquel dinero y, por el otro, le habían cumplido una manda que había dejado pendiente cuando aún vivía: ir a ver a la virgen de San Juan.

Tragedia en Jesús María

Aunque tuvieron propiedades en el estado y en la capital de San Luis Potosí, los Moncada no eran potosinos. La mayoría de su haciendas se ubicaba en Guanajuato y Zacatecas, siendo Jaral de Berrio la principal, el centro del mayorazgo. A don Juan Nepomuceno de Moncada y Berrio, el tercer marqués de Jaral, se le recuerda como el conde (título nobiliario inferior al de marqués) y cuentan que tuvo noventa y nueve haciendas, una para cada hijo, y que sólo le faltó una para convertirse en el hombre más rico de México. De hecho lo fue en su tiempo (nació en 1871 y murió en 1850), pero no tuvo noventa y nueve haciendas, aunque tal vez sí tuvo noventa y nueve hijos, o más, porque ejercía alegremente la "ley del señor" o el derecho de pernada. Se sabe que a todos sus hijos, legítimos y naturales por igual, les dio apellido y les heredó tierras.

El gran mayorazgo de Jaral de Berrio abarcó tierras potosinas en el municipio de Villa de Reyes, aunque nunca logró adherir haciendas como las de Gogorrón, Pardo, Calderón, Carranco o Jesús María, pero sí incorporó a su latifundio la de La Ventilla, una hacienda que Juan Nepomuceno de Moncada adquirió y en vida heredó a su hijo Mariano W. Moncada Hurtado de Mendoza, cuyos herederos más tarde la vendieron a la familia Meade, pero esa es otra historia.

Cuentan en Villa de Reyes, en San Luis Potosí y en Jesús María una anécdota trágica que sucedió precisamente en la hacienda de Jesús María cuando era propiedad de don Manuel Cabrera y Arias (hermano de Conchita Cabrera de Armida, la *Sierva de Dios* y fundadora del Apostolado de la Cruz). En sus viajes a San Luis desde Jaral de Berrio, don

Francisco Cayo de Moncada y Fernández de Córdova (quien hubiera sido el quinto marqués de Jaral si no hubieran quedado extintos los títulos nobiliarios a partir del México independiente) solía transitar en su carruaje por la hacienda de Jesús María, cuyo dueño anhelaba quedar bien con el acaudalado "conde" o "marqués", invitándolo a comer; invitación que Francisco Cayo de Moncada declinaba cortésmente. En cierta ocasión, sin embargo, sí hizo escala en la casa grande de la hacienda y aceptó la invitación. Con gran pompa, la familia Cabrera recibió al "marqués" de Jaral. Comieron animadamente, charlaron durante la sobremesa y cuando el "marqués" se despedía para reanudar su viaje, al levantarse de la mesa su pistola que siempre traía en el cinto se trabó con la silla y accidentalmente se disparó, matando certeramente a don Manuel Cabrera de un balazo en la frente. Ante aquella tragedia, tanto la familia como el "marqués" estaban estupefactos hasta que, se dice, la esposa de Cabrera dijo: "Qué pena con usted, señor marqués. Lo bueno es que no se le manchó su camisa con la sangre de mi marido".

Aunque ese trágico suceso ocurrió el 15 de septiembre de 1893 y la casa grande de la hacienda es ahora parte de un convento, se dice que ocasionalmente se oye un balazo y gritos y llantos de mujeres en lo que era el comedor de la casa grande.

Con el surgimiento de ricas haciendas ganaderas y agrícolas en esta región, en 1570 se fundó un fuerte para contener las constantes incursiones belicosas de los huachichiles y se le llamó Sitio del Valle de San Francisco. Ya con el título de villa, en 1853 le cambiaron el nombre por San Francisco de los Aldamas. A partir de 1862, oficialmente se le conoce como Villa de Reyes.

Sus nombres históricos tienen varios orígenes: San Francisco, porque los misioneros eran de la orden franciscana; los Aldamas, por los hermanos Ignacio y Juan Aldama, héroes de la Independencia, y de Reyes, como recuerdo del ilustre lugareño Julián de los Reyes, quien fue gobernador del estado de San Luis Potosí de 8148 a 1853.

Zaragoza

UNA MUJER VESTIDA DE BLANCO

En muchas ocasiones, las leyendas que hablan de la mujer de blanco[*] están asociadas con tesoros, pues se cree que el fantasma de esa mujer indica dónde hay dinero enterrado. En la casa grande de la ex hacienda La Sauceda, en Zaragoza, existe una noria y cuentan que de esa noria sale una mujer vestida de blanco. Dicen que la ven caminando y se va hacia una orilla donde atraviesa unas paredes, pero vuelve a salir donde antiguamente había unos baños. Justo en los baños desaparece y ya no la ven salir en ninguna otra parte. Los que la han visto aseguran que es una mujer grande, robusta y que viste una falda larga muy elegante; su cabello es largo, lacio y negro. Al parecer no calza zapatos o sandalias, pues no se oyen sus pisadas.

Hace muchos años, un hombre trabajó ahí como velador y contaba que cuando se le aparecía la mujer, él le hablaba, pero ella nunca le respondía. Sus amigos le decían que la siguiera porque, según esto, donde desaparece debe ser el lugar exacto donde debe estar enterrado un tesoro consistente en centenarios, pues es sabido que como antes no existían los bancos, los hacendados escondían bajo tierra su dinero y las monedas de uso común en aquellos años eran centenarios de oro.

La historia del tesoro de esta ex hacienda no es única, pues tiene varias versiones. Por ejemplo, hay gente convencida de que, tal vez, el dinero se halle oculto en un túnel que corre de la noria de la casa hasta salir en otra noria ubicada más lejos. Algunos lugareños afirman haber recorrido ese túnel y dicen que es tan alto que cabe una persona de pie.

---

[*] Véase también **La mujer de blanco en la Casa de Moneda**, en el relato correspondiente a Guadalcázar.

Otra versión añade que el túnel es tan largo que tiene una salida en el centro de San Luis Potosí, pero como está aterrado, ya no es posible recorrerlo en su totalidad. Supuestamente, los hacendados iban a la capital potosina por abajo para evitar a los ladrones que acechaban los caminos convencionales. Al parecer, ese túnel tiene varias ramificaciones y dicen que el tesoro debe estar oculto en alguna de ellas, pero nadie sabe dónde exactamente, y eso que muchos lo han buscado con aparatos detectores de metales.

Cuentan que el ex velador también platicaba de aquellos túneles, pero explicaba que la mujer vestida de blanco camina en dirección a la noria a los baños antiguos y eso no corresponde con el trazo del túnel. Entonces, el fantasma de la mujer de blanco es asunto exclusivo de la casa grande de la ex hacienda y no tiene relación con el túnel, ¿o sí?

––––––––––––––––––––––––

Zaragoza fue fundado en 1610 como hacienda de beneficio y se llamó La Sauceda. Cerca del casco de la hacienda poco a poco creció una población que tuvo como primer nombre San José de la Carrera hasta convertirse en villa con el paso del tiempo. A partir de 1882 es cabecera municipal y desde entonces se llama oficialmente Zaragoza.

Sus nombres históricos tienen varios orígenes: San José, en honor al santo patrón de la localidad, cuya fiesta se celebra el 19 de marzo; la Carrera, por haber sido paso de diligencias de pasajeros en el camino real, y Zaragoza, en honor al general Ignacio Zaragoza, héroe de la Batalla de Puebla.

REGIÓN
HUASTECA

LIBROS DE LEYENDAS DEL MISMO AUTOR:

Mitos y leyendas del norte de México. 1ra. edición: CdMx. 2024.

Mitos y leyendas de Nuevo León. 1ra. edición: SMA, Guanajuato. Octubre 2024.

Creencias, mitos y leyendas de animales. 2da. edición: SMA, Guanajuato. 2024.

Misterios - leyendas de San Luis Potosí. 2da. edición: SMA, Guanajuato. 2024.

Haciendas del Altiplano. Historia(s) y leyendas. Tomo I. *Grandes latifundios virreinales*. 2da. edición: SMA, Guanajuato. 2024.

Mitos y leyendas de huachichiles. 2da. edición: SMA, Guanajuato. 2024.

Haciendas del Altiplano. Historia(s) y leyendas. Tomo II. *De la Independencia a la Revolución*. 2da. edición: SMA, Guanajuato. 2023.

Mitos, cuentos y leyendas de Nuevo León. Regiones Citrícola y Sur. 1ra. edición: Guadalajara, Jalisco 2022.

Leyendas de todo México. Aparecidos y fantasmas. Editorial Trillas. México. 2016.

Mitos y leyendas de todo México. Editorial Trillas. México, D.F. 2010.

Los títulos subrayados están disponibles en **Amazon**, en la categoría "Biblioteca Homero Adame".

Aquismón

HISTORIAS DE LA CONQUISTA

En México existen muchas historias documentadas que datan de la época de la conquista, así como también se narran anécdotas que con el tiempo han pasado al campo de las leyendas. Una de éstas habla de cómo y por qué llegaron los aztecas a Aquismón.

Cuentan que al día siguiente de la histórica "noche triste" (el 30 de junio de 1520), cuando Hernán Cortés fue derrotado, hubo un concilio de las tribus del Valle de México y Cuauhtémoc les dijo a sus súbditos: "A ver, muchachos, quién de aquí conoce a los tének (huastecos), quién conoce a los totonacas, quién a los chichimecas". Y así, cada azteca se fue para los rumbos que le eran conocidos para llevar la noticia del triunfo contra los españoles. Por ejemplo, uno de ellos llegó a Aquismón y trajo el mensaje de que los conquistadores habían sido derrotados.

Antes de eso, los aztecas habían invadido la Huasteca y por muchísimos años los tének se habían visto obligados a pagar tributos, además de que los invasores venían constantemente a estas tierras para llevarse a las doncellas tének y tratarlas como sirvientas en el valle de México. Por esa y muchas razones más, ambas naciones no estaban en buenos términos políticos y tampoco tenían buenas alianzas. Sin embargo, durante el mandato de Moctezuma –previo al de Cuauhtémoc– se había suavizado la rivalidad y existía cierta paz entre los dos imperios. Fue entonces cuando aquel súbdito azteca llegó a Aquismón con la noticia que habían derrotado a Hernán Cortés, pero dejó en claro que no por ello la guerra contra los conquistadores estaba ganada, pues más huestes españolas seguirían viniendo.

Entonces, muchos de aquellos mensajeros que vinieron a la Huasteca a traer la noticia se quedaron en estas tierras, sobre todo en los ahora municipios del sur, como Tamazunchale y Coxcatlán, es por eso que en la Huasteca existe una franja de nahuas (descendientes de los aztecas) que tienen costumbres distintas a las de los tének.

Los ancianos contaban que varios años después, Hernán Cortés vino a Aquismón porque tenía planes de quedarse a vivir aquí, ya que al explorar la zona le gustó mucho la vegetación, el clima, la abundancia de árboles frutales y todo el ambiente, pero resulta que no fue bien recibido por los tének, pues éstos lo corrieron a pedradas. Sin embargo, como Cortés era muy terco y deseaba convertirse en el dueño de toda la Huasteca, fue a Coxcatlán, pues alguien le dijo que allá había muchos aliados tlaxcaltecas. Llegó a Coxcatlán y contrató a unas personas para que le construyeran una casa de dos pisos, pero los tének y los nahuas que vivían ahí le dieron una paliza y quemaron la casa; mejor se largó de la Huasteca para siempre con todo y sus amigos tlaxcaltecas, que aquí nunca fueron bienvenidos. Dicen que Hernán Cortés se fue escondido entre las enaguas de la Malinche y ya nunca volvió.

En 1522, cuando llegaron los conquistadores a estas tierras, encabezados por Hernán Cortés, ya habitaban numerosas familias tének en lo que llamaban Tamaquischmón. Las crónicas hispanas de finales del siglo XVII la refieren como Misión de San Miguel de Aquismón. Muchos años después se le dio la categoría de villa y, hacia 1845, la de cabecera municipal.

Sus nombres históricos tienen varios orígenes: Tamaquischmón, en voz tének significa "Lugar del pozo limpio" y de ella se deriva Aquismón. Sin embargo, otras interpretaciones afirman que quiere decir "Árbol al pie de un pozo", "Lugar de conchas en un pozo" o "Pozo limpio con la coa". Por su parte, San Miguel es el santo patrón de la localidad y su fiesta se celebra el 29 de septiembre.

AXTLA DE TERRAZAS

LOS SIETE AHOGADOS

Las historias y leyendas de ahogados son muy comunes y se cuentan en cualquier parte del país y del mundo. Por lo general, se dice que el ánima de quien pereció ahogado suele aparecerse en el mismo sitio del accidente por dos posibles razones: para prevenir a los vivos que en ese punto existen peligros o para llevarse a alguien consigo al más allá.

En Axtla mucha gente afirma que en ciertas noches calurosas de verano, en el río se oye como si varias personas anduvieran nadando y echándose clavados. Este misterio parece tener como origen un evento trágico que sucedió hace algunos años, cuando siete muchachos fueron a nadar al río. Era una de esas noches de calor insoportable, después de las lluvias que habían caído por varios días en la región y el río llevaba más agua que de costumbre y estaba más ancho. Por desconocimiento o por falta de precaución, no tomaron en cuenta el hecho que en esa parte del río se formaban muchos remolinos debido a la corriente y a las raíces de los árboles.

Esos amigos llegaron al atardecer de un día nítido, sin nubes que amenazaran una tormenta, y anduvieron muy alegres nadando hasta ya entrada la noche. A ratos descansaban y comían algo o tomaban refrescos, para luego seguir nadando. Luego se metían al agua de nuevo, nadaban y hacían competencias de clavados; para ello, se subían a un árbol y desde allá se lanzaban. Así pasaron largas horas, nade y nade bien contentos. Sin embargo, en determinado momento uno se tiró un clavado y no salió del agua. Sus amigos lo empezaron a buscar, zambulléndose y rastreándolo por todas parte; luego salían para gritar pidiendo auxilio, pero no había nadie más por ahí, pues ya era muy tarde. Resulta que en su desesperación los otros seis muchachos también se ahogaron casi al mismo tiempo. Cuentan que al día siguiente encontraron los cadáveres de los siete amigos flotando junto al árbol.

Desde entonces, mucha gente cree que los ruidos que se oyen como si varios muchachos anduvieran echándose clavados sean las ánimas de esos siete amigos que no han encontrado descanso. Algunos lugareños incluso cuentan que se ven como figuras de color blanco o siluetas luminosas lanzándose desde el árbol para clavarse en el agua, y cuando las ven, mejor se van a nadar a otra parte del río por precaución, porque, según dicen, las ánimas pueden llevarse a otros vivos al mundo de los muertos.

A la llegada de los conquistadores, estos territorios estaban habitados por familias nahuas, aunque siglos atrás eran dominios tének. Para fines del siglo XVI, el español Diego de Torres Maldonado estableció ahí una encomienda. Posteriormente, los misioneros franciscanos le asignaron el nombre de Santa Catarina Mártir de Axtla. En el siglo XIX recibió la categoría de villa y en 1826 la de cabecera municipal, cuando se le conocía como Villa Terrazas.

Sus nombres históricos tienen varios orígenes: Axtla proviene de Aztlán, vocablo náhuatl que significa "Lugar de garzas"; Santa Catarina Mártir, por la patrona de la localidad, cuya fiesta se celebra el 25 de noviembre, y el complemento es en honor a Alfredo M. Terrazas, quien fue oriundo de esta población y se destacó como revolucionario en la Huasteca potosina.

CIUDAD VALLES

UNA MUJER DE BLANCO
AFUERA DEL PANTEÓN

En México y en todo el mundo, los cementerios son idóneos para las leyendas, pues se habla de ruidos, apariciones, fantasmas y muchos misterios más que provocan terror. En los alrededores del panteón de Ciudad Valles se platican infinidad de historias de miedo, y una habla de una mujer y posiblemente de un tesoro.

Cuentan de un comerciante, cuyo negocio se encuentra enfrente del panteón, que una vez le tocó ver a una mujer vestida de blanco. Sucedió durante una tarde de tormenta cuando no había nadie en la calle. Él estaba parado en la puerta, disfrutando de la lluvia caer y de repente vio a una mujer recargada en la pared del cementerio. Se le hizo muy raro que alguien estuviera en la calle mojándose esa tarde de tan pertinaz aguacero, pues nadie se moja nada más porque sí; cuando está lloviendo mejor busca dónde refugiarse. El comerciante pensó que tal vez esa extraña mujer estaba esperando a alguien. Sin embargo, de pronto empezó a caminar por toda la calle junto a la barda –pero decir que "caminaba" es exagerado porque no caminaba, más bien iba flotando sin tocar el suelo. Su vestido blanco no aparentaba estar mojado y se movía con el viento. El comerciante la fue siguiendo con la mirada hasta que ella desapareció junto a un aquiche[*] antes de dar vuelta en la esquina. Por pura curiosidad, y sin sentir

---

[*]   También conocido como guácima, guacimo o guazuma, es un árbol de la familia de las *esterculiáceas* que llega a medir hasta ocho metros de altura. Crece en regiones de clima cálido.

miedo ni importarle la lluvia, fue corriendo para ver si había dado vuelta en la esquina y no, no se veía a nadie en la calle de atrás ni en ninguna otra parte. Todos los alrededores se hallaban solos y la lluvia seguía cayendo con fuerza.

Al comerciante ya le habían platicado que esa mujer es la Llorona y mucha gente del rumbo afirma que la ha visto también. Otras personas cuentan que no es la Llorona pero sí una mujer vestida de blanco, cuyo fantasma sale de una ceiba que está adentro del panteón; ya en la calle se para en la barda, voltea a mirar a todas partes y luego camina por toda la orilla hasta desaparecer en el aquiche.

Se cree que la aparición de esa mujer –sea la Llorona o no– pueda estar asociada con un tesoro, pues dicen que hay una relación enterrada a la vuelta del panteón, aunque no se sabe si en la parte de adentro o en alguna propiedad afuera. Cuentan que por ahí también han visto el fantasma de un hombre, a quien posiblemente hayan sepultado con sus riquezas, pues en tiempos pasados la gente rica se iba a la tumba con todas sus joyas. Lo extraño es que, como dicen, cuando a alguien lo entierran adentro de un panteón –que es camposanto–, no tiene por qué andar penando; en otras palabras: no existe razón para que su ánima ande vagando y asustando a los transeúntes.

Ahora bien, se sabe que en el pasado esa calle fue un camino real hacia el antiguo Pujal, que actualmente es un ejido. Más abajo ahora se convierte en callejón, pero como antes era un camino es probable que hayan asaltado a alguien para luego ocultar el dinero por ahí. Lo cierto es que nadie ha encontrado el tesoro, nadie sabe quién es la mujer de blanco y nadie tiene idea de quién pueda ser el señor que también se aparece.

Cuevas en Abra Tanchipa

La sierra de Abra Tanchipa es parte de una reserva de la biosfera, declarada en 1994, que se extiende entre los municipios potosinos de Ciudad Valles y Tamuín y los tamaulipecos de Antiguo Morelos y El Mante. Cuentan los que saben y los que han explorado que existen muchas cuevas en toda esa zona, algunas de las cuales no han sido investigadas ni recorridas en su totalidad. Entre otras, hay una cueva en particular, ubicada cerca de las vías del tren y del rancho El Nacimiento que fue propiedad de un controvertido gobernador del estado, Gonzalo N. Santos. Es una cueva que ha motivado diversas leyendas.

En la boca de la cueva hay la figura de una virgen que, a decir de algunas personas, es aparecida, pero otras que observan con ojo más crítico dicen que fue labrada por un artista que supo aprovechar el sarro impregnado en la roca por la humedad que ha escurrido a través de los años. Independientemente de si es aparecida o si fue creada por un artista anónimo, lo cierto es que desde que se hizo pública su existencia, la gente empezó a visitarla y a venerarla por los milagros que les cumple; es por ello que es común encontrar a sus pies exvotos, ofrendas, dinero, fotografías y objetos diversos que la gente deja como agradecimiento y por devoción.

La figura de esa virgen se encuentra en la entrada de una cueva que algunos exploradores han recorrido hasta un río subterráneo. Se dice que hay otras cuevas cercanas que tienen conexión con esta misma a través de ese río subterráneo y que en ellas hay tesoros Por ejemplo, cuentan que en cierta ocasión llegaron algunas personas de Reynosa, quienes dijeron ser científicos pero en realidad andaban buscando el tesoro. Como no conocían bien la región ni tampoco alguien de la ciudad, pero sabían las historias de que ese tesoro estaba protegido por espíritus, consiguieron a un embalsamador empleado de una funeraria quien aseguró no tenerle miedo a los muertos. Lo contrataron como guía y fuera el primero en meterse a la cueva. Bajaron todos y llegaron hasta el río. Exploraron hasta el cansancio sin encontrar el dinero que pensaban iba a estar allí casi a flor de tierra. Advirtieron las ramificaciones del río subterráneo y le dijeron al guía que iban a regresar a Reynosa para conseguir mejor equipo y que volverían a Ciudad Valles para reanudar la exploración de las ramificaciones de los túneles hasta encontrar lo que daban buscando, el tesoro. Esas personas jamás volvieron.

En 1533, el gobernador español de la Nueva Galicia Nuño Beltrán de Guzmán fundó Santiago de los Valles de Oxitipa en un paraje ocupado por familias tének, quienes lo conocían como Tamtocob, dentro del territorio de Oxitipa. En 1827 recibió la categoría de ciudad y luego la de cabecera municipal.

Sus nombres históricos tienen varios orígenes: Tamtocob, es voz tének que significa "Lugar de nubes"; Santiago, en honor al santo patrón de la localidad, cuya fiesta se celebra el 25 de julio; Valles, por encontrarse en un valle entre la Sierra Madre y la sierra de Abra Tanchipa, y Oxitipa, que es vocablo náhuatl que significa chapopote, resina o ungüento.

Coxcatlán

Un brujo que debía muchas vidas

En todo nuestro país es común escuchar relatos de brujas, pero los que hablan de brujos son menos frecuentes, pues se cree que las mujeres tienen mayor afinidad con la nigromancia y, por eso, las brujas son más numerosas y sus poderes son superiores al de los brujos.

Hace muchos años, un hombre que vende nieve en Tanquián vino con sus hermanos a Coxcatlán a traer a su padre con un curandero muy famoso, quien los recibió de inmediato y le dijo a su papá: "Qué bueno que viniste ahora, porque si dejas pasar otro mes ya no te podría curar; es que la hechicería que te hicieron la hicieron con un plazo de siete meses y si se hubiera pasado otro mes, te hubieras muerto". Los hijos del señor vieron cómo curaba el curandero: agarró una cazuela de barro, le echó carbón encendido y unas hierbas y semillas; luego le dio unos humazos al señor y dijo unas palabras en una lengua que nadie comprendió (y eso que el nevero y sus hermanos entendían el tének y el náhuatl). Al terminar aquella limpia, el curandero les explicó cómo había sido la brujería y todo lo que a su papá le habían hecho, pero no les quiso decir el nombre del brujo que lo hizo. La familia regresó a su casa y a la siguiente semana el señor ya estaba curado.

Tiempo después, el nevero y sus hermanos supieron quién había sido aquella persona que le puso el mal a su padre; supieron eso porque murió un hechicero muy conocido. Al parecer, un muchacho lo "mató" porque sabía que ese hombre hacía cosas malas y así fue cómo se descubrió todo, aunque no lo mató directamente.

Resulta que un día al muchacho se le hizo tarde en el

monte con el ganado y, en cierto momento, vislumbró a lo lejos lo que parecía ser una fogata. Se acercó a mirar qué era o quién andaba por ahí y vio al hechicero bailando alrededor de la fogata. El ritual lo estaba haciendo adentro de la propiedad del muchacho y eso también le dio muchísimo coraje; entonces se descolgó la escopeta y disparó los dos cartuchos. No se oyó que el brujo haya corrido; el muchacho fue a la fogata y no vio nada, tampoco encontró rastro de sangre. La realidad era otra: en ese mismo instante el hombre estaba dormido en su cama y de repente le salió una llaga en la costilla.

Dicen que aparte de brujo ese hombre era como nagual, pues tenía el conocimiento de estar en dos o más lugares a la vez, aunque de forma humana y no como el animal de su preferencia. A la mañana siguiente, muy temprano, pasó un amigo de él a visitarlo y lo encontró todavía en su cama, sintiéndose muy enfermo. El hombre le dijo: "Mira, amigo, de ésta no me salvo". "¿Pero por qué?", le preguntó el amigo. "Es que anoche le dieron a mi espíritu".

A los pocos días el hombre murió. Cuentan que al momento de morir, sacaba la lengua de tal manera que llegaba hasta el piso; quienes vieron aquella escena tan grotesca no lo podían creer. Pero justo antes de morir, el hechicero en su arrepentimiento confesó a cuántas personas había matado con sus brujerías. Entre hombres y mujeres se le contaron varios y así fue como el nevero y sus hermanos supieron que ese hombre había sido el que le había puesto el mal a su papá.

Cuando Hernán Cortés llegó a estas tierras en 1552, Coxcatlán ya estaba poblado por familias nahuas. A finales del siglo XVII recibió la categoría de municipio con el nombre de San Juan Bautista de Coxcatlán. A partir de 1927 tiene la categoría de ciudad.

El origen de su nombre es confuso, pues de acuerdo con una versión viene de Tamsicab que en tének significa "Lugar escondido". Sin embargo, otras versiones afirman que Coxcatlán es una deformación de Ayotochcuitatlán, vocablo náhuatl cuyo significado es "Lugar donde abunda el excremento de armadillo".

ÉBANO

EL CERRO DE LA PEZ

Todas las culturas de la humanidad registran mitos y leyendas que explican el origen de ciertas formas o accidentes naturales, como puede ser un río, un lago, una montaña o una loma. En Ébano existe un cerro muy conocido, del cual se platican muchas leyendas, pues dicen que es un lugar encantado. A ese cerro le llaman La Pez porque, según los ancestros, el pescado más grande que jamás haya vivido en la laguna Marla se convirtió en cerro.

Cuentan que antiguamente los tének de pura sangre llegaban a esta laguna a venerar a la diosa del cerro, pues, de acuerdo con sus creencias, sabían que había sido una pescada. Sin importar en cuál punto de la Huasteca vivieran, todos iban en peregrinación por lo menos una vez en sus vidas para llevarle ofrendas consistentes en frutos silvestres, semillas o parte de las cosechas que cultivaban; los tének que vivían junto al mar (en las costas que ahora son de Tamaulipas o de Veracruz) le llevaban ofrendas marinas. Por su parte, los lugareños que habitaban en las orillas de la laguna, como eran pescadores, subían a la cima del cerro a dejarle ofrendas a su diosa para así asegurar una buena pesca en la laguna misma. Sus ofrendas siempre incluían un pescado fresco de cada captura y lo dejaban en un oratorio que existía en la cima del cerro para que las deidades o, más bien, el gran espíritu del cerro se alimentara. Y sí, como agradecimiento a sus dádivas, sus oraciones y su fe, aquel espíritu protegía a todos los tének para que nunca les faltara alimento, mientras que a los pescadores los protegía para que jamás tuvieran accidentes en la laguna, aparte de garantizarles buenas capturas cada día. Todos vivían muy felices, sin carencias y con gran fe hacia su protectora.

Otra versión de la leyenda explica que la laguna se llama Marla –en femenino– porque no era un pescado macho el que se convirtió en cerro, sino una sirena. Los ancestros platicaban que en un pasado muy remoto vivió en la laguna una sirena muy hermosa que se alimentaba de peces. En noches de luna llena salía a las orillas y se transformaba completamente en mujer y así convivía con los humanos por una noche cada mes. De tal manera intercambiaban conocimientos y cantaban a los dioses en rituales que duraban hasta justo antes del amanecer, cuando ella volvía a su forma habitual y regresaba a sus dominios acuáticos. Sin embargo, una noche la sirena salió a la orilla y, sin que nadie lo hubiera previsto, hubo un eclipse de luna y desde entonces ella quedó convertida en cerro.

Una versión más, relacionada con la misma leyenda sin importar las variantes, añade que cuando descubrieron aquí el primer brote de petróleo en todo el país (el 3 de abril de 1904), con la perforación del pozo número 1, muchísimos pobladores se asustaron por el color oscuro en el suelo y creyeron que el chapopote –en Ébano le dicen "chapo"– era la sangre de la pez. Pensaron que los ingenieros, sin saberlo, le habían cortado una vena a la sirena y por causa de su dolor y mucho enojo, su sangre salía de color negro.

Hacia 1533, los conquistadores españoles encabezados por Nuño Beltrán de Guzmán llegaron a estos dominios tének y establecieron el sistema de encomiendas. Hasta el año de 1963 perteneció al municipio de Tamuín, cuando por decreto recibió la categoría de municipio libre y cabecera municipal.

Los tének que habitaron ahí en la antigüedad lo conocían como Tamatao, cuyo significado es "Lugar de casa". Su nombre actual se debe a que en los alrededores crecen muchos ébanos.

El Naranjo

Por qué El Naranjo
se llama así

Salvo excepciones, todos los nombres de pueblos y lugares tienen su origen en un accidente geográfico (p.e. Monterrey o Pinihuán), en un grupo indígena (p.e. Coahuila o Zacatecas), en una combinación de vocablos autóctonos –cuyo significado suele estar relacionado con la naturaleza– (p.e. Tamaquischmón = "Lugar del pozo limpio" o Chalchicuautla = "Lugar de árboles de jade"), en algún personaje religioso (p.e. San Cristóbal o Santa Bárbara), en el apellido de su fundador o fundadores (p.e. Noria del Conde o Los Herreras), en alguna construcción antigua (p.e. El Fuerte o Hacienda de Guadalupe), en un héroe de la patria o en un lugareño célebre (p.e. Hidalgo o Mexquitic de Carmona), o bien, porque ahí se extrae determinado producto o ciertas especies vegetales crecen en los alrededores (p.e. El Oro o Fresnillo). Pocos son los ejemplos de nombres que surgieron gracias a una leyenda[*], como en El Naranjo, aunque en este caso también hay parte de una anécdota.

Cuentan que El Naranjo se llama así porque antes era el camino real entre Ciudad del Maíz y El Mante, en Tamaulipas, y a un lado del camino había un árbol de naranjas –se sabe que en Tamaulipas, el norte de Veracruz y en Rioverde hay mucha producción de cítricos, pero en la región de El Naranjo no es muy común; es zona cañera. Entonces todos los viajeros que transitaban por esta ruta –dígase en carreta, guayín, caballo, en mula o a pie– hacían un descanso junto

---

[*] Otro ejemplo basado en una leyenda es el de Catorce. Véase la explicación del origen del nombre en el relato correspondiente a ese municipio.

al árbol aquel, pues era un punto de referencia para todos. Los viajeros decían: "Ahí nos vemos en el naranjo", y así se le fue quedando el nombre.

Ahora bien, esa es la parte histórica o anecdótica, pero existe también una leyenda que la gente de antes contaba y está relacionada con ese mismo árbol de naranjas. Según esto, cuando los viajeros hacían una escala o parada en ese punto, un viejito estaba siempre sentado bajo el naranjo antes de la puesta del sol; era un anciano vestido con ropas muy humildes, huaraches y sombrero ancho de palma; junto a él nunca faltaban sus tres perros grandes. Era un viejito muy amable, aunque no platicaba con nadie; no mendigaba, siempre tenía una pila de naranjas junto a su morralito; no vendía las naranjas. Él sólo sonreía y le regalaba una naranja a la gente buena para que mitigase la sed después de un viaje tan largo, pero a las personas malas no le daba nada. Si alguien intentaba cortar una naranja, los perros se le echaban encima. Al parecer, tanto el anciano como sus perros eran los encargados de cuidar el árbol y la fruta.

Nadie supo jamás quién era ese viejito ni dónde vivía, pero dicen que todos hablaban bien de él. Un mal día, sin embargo, el anciano ya no estuvo ahí como de costumbre, ni sus perros tampoco. Luego la gente de antes contaba que a partir de entonces, aquel naranjo ya no volvió a dar frutas, pero de todas maneras al lugar se le quedó ese nombre tan singular.

No se sabe con certeza la fecha de la fundación hispana de este lugar que creció como un paradero o lugar de descanso y abastecimiento sobre el camino real de Ciudad del Maíz a El Mante, Tamps., y perteneció al municipio de Ciudad del Maíz hasta que se le concedió el título de cabecera municipal a finales del siglo XX. Vale mencionar que antes de ser municipio formaba parte de la Región Media, pero ahora se le considera como parte de la Región Huasteca.

Su nombre tiene como origen la leyenda aquí presentada, el naranjo que servía como referencia a los viajeros.

Huehuetlán

El hombre Mám

En toda la Huasteca existen infinidad de historias, leyendas y cuentos relacionados con los fenómenos naturales, como las lluvias, las sequías, los incendios forestales. Muchos de esos relatos contienen elementos ricos en mitología y dan explicaciones del porqué de las cosas, o bien, dejan una enseñanza.

Los ancianos de Huehuetlán cuentan que hace muchos pero muchos años, en la cima del cerro Tamáb vivía una pareja que no tenía hijos. El hombre cultivaba maíz en sus milpas, las cuales daban cosecha todo el año porque siempre había lluvia en sus tierras. La gente de los llanos estaba muy preocupada, pues abajo llovía muy poco, las cosechas eran malas, no tenían casi nada para comer y el agua en los ríos era muy somera. Como sabían que el hombre de Tamáb bajaba a vender su maíz, les entró la envidia. Entonces, esos habitantes de las partes bajas tuvieron una asamblea y esperaron a que el hombre bajase a vender su cosecha y hablar con él. Le preguntaron por qué él sí tenía lluvia y ellos no. El hombre les explicó sus razones, pero la gente no le creyó y lo metieron a la cárcel por varios días.

Luego el gobernador lo interrogó y el hombre le dijo que lo dejaran libre y él se encargaría de mandarles la lluvia. Nadie de las autoridades creía que ese hombre pudiese hacer llover, pues no sabían que en realidad era un *Mám*, un hombre de las tormentas. Aunque los miembros de la autoridad estaban en contra de dejarlo en libertad, el gobernador accedió a que el hombre volviera a su casa con la promesa de enviarles bastante lluvia.

El hombre *Mám* llegó a su hogar ubicado en la cima del cerro Tamáb y encontró a su mujer muy preocupada por su larga ausencia. Él la tranquilizó explicándole todo lo ocurrido y le dijo que había quedado de mandar suficiente lluvia a la gente de los llanos. Su mujer estuvo de acuerdo.

Esa tarde llovió en los llanos, pero los habitantes no quedaron conformes y querían más y más agua para sus cultivos y para los ríos. Entonces decidieron subir al cerro para hablar con el hombre *Mám*. Llegaron muy de madrugada, pero como no lo encontraron en su casa en esos momentos, maltrataron a la mujer porque su marido les había mandado muy poquita lluvia.

Cuando el hombre *Mám* regresó a su hogar esa noche, su mujer estaba llorando. Ella le explicó lo que había sucedido y como respuesta a la falta de gratitud de la gente, hizo que las nubes bajaran del cerro y se descargaran con furia en los llanos. Por días y días llovió como nunca había llovido; los ríos se desbordaron y los habitantes se vieron obligados a huir porque la corriente arrasó con sus casas.

Mientras tanto, resulta que en el cielo estaba Dios observando los eventos y decidió darle una llamada de atención al hombre *Mám*. Envió a varios de sus ayudantes por él, quienes bajaron a la Tierra y batallaron mucho para convencerlo, pues él intuía que lo iban a regañar. Sin embargo, una vez en el cielo el hombre *Mám* rindió cuentas, pero Dios no quedó muy convencido y dijo que le iba a dar un castigo.

Así, Dios mandó al hombre *Mám* a las tierras del norte hasta que aceptara sus obligaciones de ser bueno con la gente y jamás abusar de su condición divina de controlar las tormentas; a la esposa de éste la dejó viviendo en el cerro Tamáb. Pero resulta que como el norte es un lugar muy solo y frío, en vez de que el hombre *Mám* aprendiera la lección, se hizo muy vengativo y por esa razón cada año trae los huracanes. Pero cuando viene, siempre pasa a visitar a su esposa y le deja buenas lluvias para que el maíz siga creciendo.

MILAGROS DE SAN DIEGO

Casi todos los pueblos de México anteponían en su nombre original hispano el nombre de un santo, santa o virgen. No se sabe con certeza por qué tal o cual personaje católico fue elegido para tal o cual lugar, pero es de imaginarse que los misioneros, en grupo o por decisión del prior, profesaban su fe a una deidad o personaje en particular y por eso al pueblo que habían llegado a fundar y conquistar ideológicamente le asignaron el patronazgo de tal o cual personaje cristiano. En el caso de Huehuetlán, el patronazgo recayó en san Diego de Alcalá, un santo nacido en España, quien falleció en Alcalá de Henares el 12 de noviembre de 1463. Entre sus milagros se le atribuye el sanar las heridas de quienes han sufrido quemaduras severas.

En Huehuetlán cuentan que hace muchísimos años, los españoles se convirtieron en caciques y expresaron su crueldad tratando muy mal a la gente. Un descendiente de esos caciques, a quien le decían el "terror de la Huasteca" llegó a ser gobernador de San Luis Potosí y dicen que era tan malo pero tan malo que él mismo colgaba a la gente que no estaba de acuerdo con sus ideas y a sus niños los aventaba a la lumbre para qué se quemaran vivos. En aquel tiempo no había ley porque la ley la hacían a su favor primero los españoles, luego los caciques, como ese gobernador sátrapa, y era tanta la crueldad contra los nativos que, de la nada, se apareció san Diego de Alcalá para ayudarlos y acabar con los caciques. Se cuenta que entre sus primeros milagros muchas personas sanaron de las quemaduras que habían sufrido porque el cacique que llegó a ser gobernador intentó quemarlos vivos, y sanaron milagrosamente tras encomendarse a san Diego; la fe a él los curó y quedaron sin llagas evidentes ni rastros de las quemaduras. Eso le dio fama a san Diego, la cual se extendió y fue llevada por gente local que emigró a otras partes, a otros países como los Estados Unidos, o bien, por gente de otros lugares que recibieron un milagro de san Diego y ellos mismos propagaron la fe y la noticia de sus curaciones milagrosas. Pese a ello, lo cierto es que Huehuetlán jamás se consolidó como un centro de peregrinaje o de sanación.

También cuentan que mucha gente agradecida trae ofrendas de cera a la iglesia o deja dinero en las urnas. Muchas de esas personas no son de Huehuetlán, pero saben de los milagros de san Diego y se encomiendan a él, y cuando se les concede el milagro vienen a pagar la manda ya sea con cera, con dinero o yendo de rodillas por toda la calle hasta el mero altar donde dejan la ofrenda al milagroso san Diego de Alcalá.

Cuando llegaron los españoles, en el siglo XVI, Huehuetlán estaba habitada por familias tének y algunas nahuas. Tras fundar la primera misión franciscana, posiblemente en 1532, los misioneros la llamaron San Diego de Huehuetlán. Siglos después, en 1955, la pequeña ciudad obtuvo la categoría de municipio libre y cabecera municipal.

Sus nombres históricos tienen diversos orígenes: San Diego, asignado por los frailes españoles y se debe al santo patrón de la localidad, cuya fiesta se celebra el 12 y 13 de noviembre. Huehuetlán es voz náhuatl que tiene por lo menos dos interpretaciones: "Lugar de viejos" o "Lugar de tambores"; la primera acepción es más literal, pero es posible que la segunda sea más acertada toda vez que este lugar, en tiempos remotos cuando estaba habitado exclusivamente por los tének, se le llamaba Tamahab que se traduce como "Lugar de instrumentos musicales".

MATLAPA

LA LLORONA

Como ya se explicó en otro relato[*], la leyenda más conocida por todos los mexicanos es ésta de la Llorona. Todo mundo ha escuchado o leído por lo menos una versión de la mujer fantasmal que llora por sus hijos perdidos. En cualquier rincón del país se cuentan historias de ella con características muy locales, pero a quienes les ha tocado oírla dicen que su llanto es aterrador y provoca un miedo que puede desencadenar en una enfermedad, el llamado "mal de espanto".

Cuentan que una señorita de Tamazunchale se casó con un muchacho de Matlapa y, después de su luna de miel, la pareja se vino a vivir a Matlapa, pues él era maestro y radicaba aquí. Al tercer día de haber llegado a su nuevo hogar, todo parecía en orden, con la tranquilidad habitual que se vive en esta pequeña ciudad. Era de noche y el pueblo dormía; lo único que alteraba el silencio era el ruido del tráfico en la carretera Nacional. De repente, la joven mujer oyó un grito alargado, horrible y se despertó alterada, sintiendo mucho miedo; era el grito de la Llorona. Su marido también se despertó y ella, asustada y nerviosa le preguntó: "Oye, Güicho, ¿qué fue eso?" Él le dijo que no había sido nada; le dijo eso porque no quiso asustarla aún más y para calmarla le dio un té de hojas de naranjo agrio. Sin embargo, él sí sabía que se trataba de la Llorona porque tanto él como algunos de sus familiares ya la habían oído con anterioridad, pues de vez en cuando ese llanto aterrador se percibe por esos rumbos. Después de ese momento de larga tensión, la joven esposa trataba de explicar lo que había oído, si un grito de dolor, de llanto o de angustia, pero su esposo siguió tranquilizándola hasta que pudo conciliar el sueño.

---

[*] Véase también **La Llorona**, en el relato correspondiente a VANEGAS.

Tiempo después, otras personas de la familia de aquella joven llegaron a vivir a ese rumbo de Matlapa y la hija mayor, que tenía como once o doce años, una noche también oyó aquel grito tan horrible de la Llorona. Del susto tan fuerte que tuvo, a la niña le dio mal de estómago y no pudo dormir en toda la noche porque se despertaba con pesadillas, y eso que sus padres trataban de tranquilizarla de cualquier manera posible. Al día siguiente, amaneció mala y triste; no quería comer. Traía el mal de espanto. Entonces decidieron llevarla con un curandero para que le diera una barrida y así fue cómo se compuso. Durmió bien esa vez y ya no volvió a tener pesadillas.

Trece años han pasado desde aquella noche y dicen que la señora aún se acuerda con toda claridad que fue un grito espantoso, muy fino y largo, mucho muy largo, como si nunca fuera a terminar, pero no puede descifrar cómo fue. Además, todavía siente miedo al recordar que era tan agudo como si se le metiera entre la piel.

Por su parte, aquella niña tampoco puede describir el grito tan largo, agudo y feo de la Llorona, y eso que ahora ya es una mujer joven.

Matlapa es otro de los municipios más nuevos en el estado, aunque su historia es antigua. Existen pocos registros históricos, pero se sabe que a la llegada de los españoles la región estaba habitada por familias tének. Por muchos años perteneció al municipio de Tamazunchale, hasta que se le concedió el título de municipio libre en 1994.

El origen de su nombre tiene por lo menos dos versiones, ambas de lengua náhuatl. Una explica que se deriva de Matlaltl, cuyo significado es "Lugar de redes" y otra que viene de Matlepoxtle, que quiere decir "Mano de hierro".

SAN ANTONIO

LA CAMPANA ENTERRADA Y LOS DUENDES

Los relatos y leyendas que hablan de duendes no son únicos de México ni tampoco de la Huasteca, pues se narran en todo el mundo La mayoría de las versiones concuerdan que esos seres fantásticos son traviesos (en ocasiones malévolos o buenos), como en ésta que cuentan en San Antonio sobre una campana misteriosa y unos duendes que la cuidan. Cabe añadir que las historias de campanas rodeadas de misterios son también comunes en México y en el mundo[*].

En un lugar conocido como "la ladrillera", en las afueras de San Antonio, existe un camino que va a dar a un terreno donde se encuentran unos cúes o cuizillos (pirámides huastecas). Se trata de un sitio donde han escarbado porque, según cuenta una leyenda, ahí está enterrada una campana. Dicen que muchos han tratado de sacarla, sin éxito.

Para quienes han oído hablar de ella, esa campana es todo un misterio, pues no se sabe si es de oro, de cobre, de bronce o de otro metal, pero platican los ancianos que la gente de más antes aseguraba que su sonido era muy fino y tañía sola a determinadas horas del día o de la noche. Quienes la oían concordaban que ese sonido que se oía en el monte era de la campana, no obstante hallarse enterrada.

Las personas que han tratado de encontrar y desenterrar la campana escarban mucho y alcanzan a mirar el vuelo que tiene alrededor; trabajan todo el día y la llegan a descubrir, pero ya entrada la noche es necesario descansar y para eso se van a sus casas para luego volver en la mañana a continuar con la faena. Sin embargo, cuando regresan, para sorpresa de

---

*   Véase **La campana perdida**, en el relato correspondiente a RAYÓN.

todos ya está completamente tapada de tierra otra vez. Nadie se ha podido explicar por qué sucede eso, pero creen que a lo mejor son los duendes los que la vuelven a enterrar.

Cuentan que en cierta ocasión unos hombres, luego de escarbar y descubrir parte de la campana, decidieron permanecer en vela ahí para ver qué o quién era el que echaba tierra en el pozo para que la campana quedara enterrada como siempre. Esa noche pasaron las horas y de repente los hombres oyeron ruidos entre el monte. En eso, vieron que varios hombrecillos del tamaño de niños y vestidos de manera muy extraña se asomaron entre los arbustos y uno de ellos corrió hacia los señores y les arrojó tierra o algo en los ojos. De inmediato cayeron en un sueño muy profundo y cuando despertaron, ya en la mañana, la campana estaba enterrada de nuevo. Buscaron huellas en el piso y no encontraron nada, excepto las de ellos mismos. Lo único que sí recordaban era a los hombres diminutos y, en particular, al que les echó algo en los ojos para dormirlos.

Al parecer, el lugar donde se supone que está la campana enterrada ahora es propiedad privada y ya casi nadie platica de alguien que haya tratado de sacarla, como tampoco se habla de que la oigan sonar.

Esta región se encontraba ocupada por familias tének y nahuas, quienes la llamaban Tlaxicali de Tamhanentzen, según consignaron los primeros cronistas hispanos. La fundación oficial fue en 1725, a cargo de Carlos de Tapia Centeno, quien la nombró San Antonio de Tamhanentzen. En el año de 1941 recibió la categoría de villa y desde 1944 es cabecera municipal.

El significado de su nombre antiguo es desconocido, pero se sabe que Tlaxicali es voz náhuatl, mientras que Tamhanentzen es una combinación de vocablos tének. San Antonio es en honor a san Antonio de Padua, cuya fiesta patronal se celebra el 13 de junio.

SAN MARTÍN CHALCHICUAUTLA

CÓMO LLEGÓ LA IMAGEN DE SAN MARTÍN

Las leyendas de apariciones milagrosas o misteriosas de símbolos religiosos son muy comunes en todo el planeta, como también lo son, en el mundo cristiano, las leyendas que explican cómo y/o por qué una imagen decidió quedarse a radicar en determinado lugar*.

Según algunas pláticas con cierto contenido histórico, en las antiguas tierras de San Martín Chalchicuautla vivían numerosos guerreros tének que se enfrentaban con valentía a cualquier enemigo. Primero los aztecas y luego los españoles trataron de someterlos, pero les resultaba imposible porque la fuerza y valor de los nativos era superior. Sin embargo, muchas familias nahuas se quedaron a vivir en esos lugares y aunque poco convivían con los tének, se unieron a éstos para repeler la invasión española. Entonces los conquistadores trajeron a los frailes para ver si con la religión podían subordinar a los nativos, y lo lograron, a pesar de que el proceso tardó muchísimos años.

Cuentan que los frailes enseñaban la doctrina y explicaban quiénes eran los personajes representados en las imágenes que había en los templos, pero los tének y los nahuas no aceptaban a esos personajes porque no se sentían identificados con ellos; no les representaban nada. Entonces, a través de un extraño acontecimiento, los nativos terminaron por

---

* Véase **El Santo Entierro**, en el relato correspondiente a ALAQUINES; **El Señor de El Saucito**, en el correspondiente a SAN LUIS POTOSÍ, y **La virgen de la Purísima Concepción**, en el correspondiente a ARMADILLO DE LOS INFANTE.

aceptar una escultura que es ahora el santo patrón de esta ciudad huasteca, la más alejada de la capital potosina.

La imagen de san Martín fue traída por un arriero, un hombre que vivía muy lejos, en algún pueblo de la sierra de lo que ahora es el estado de Hidalgo. Él se dedicaba a transportar mercancías de un lugar a otro y en una ocasión llegó a su casa un hombre vestido muy elegante, con capa, sombrero con pluma blanca y portaba una espada muy fina. El hombre montaba un caballo azabache muy hermoso y en las ancas del caballo cargaba una caja grande. Ese desconocido le dijo al arriero que llevara la caja adonde es ahora San Martín Chalchicuautla. El arriero aceptó el encargo y como pago recibió anticipadamente una bolsa con monedas de oro, con la consigna de hacer la entrega lo más pronto posible.

Como el arriero conocía muy bien los entresijos de la sierra, en menos de dos jornadas dejó la caja donde el misterioso y elegante señor le había indicado. Esperó a que llegara alguien a recibirla, pero nadie llegó porque, en realidad, la caja no traía destinatario. Los nativos se acercaron por curiosidad y después de tres días sin que nadie la reclamara como de su propiedad, decidieron abrirla. Grande fue la sorpresa de todos al ver que adentro de la caja estaba la imagen de un santo que a la sazón supieron era san Martín, pero mayor fue para el arriero, quien se quedó muy sorprendido porque la figura era exactamente igual al hombre a caballo que le había pedido y pagado por el encargo.

A partir de entonces, los tének y los nahuas de esta región acogieron a san Martín como su protector, pues su imagen era la de un hombre que montaba un caballo y su llegada fue interpretada como una especie de milagro. Así, los frailes pudieron pacificar a esos nativos que tiempo antes eran guerreros y jamás se rendían ante nadie.

Una bruja nahua

Es sabido por muchos que la Huasteca es tierra de curanderos y brujos; algunos conocidos a nivel muy local solamente, mientras que la fama de otros trasciende fronteras. Esto no es nuevo porque en toda esta región la sabiduría ancestral se sigue transmitiendo de generación en generación y el conocimiento de las hierbas y las artes mágicas son tradiciones huastecas vigentes entre los tének y los nahuas.

Un buen ejemplo lo podemos encontrar en un relato con tintes de leyenda que se cuenta en muchas partes de la Huasteca. Éste en particular habla de una mujer nahua que vivía en El Jobo (otras versiones apuntan que vivía en El Aguacate, ambas comunidades del municipio de San Martín Chalchicuautla) y tenía el conocimiento de transfigurarse en su animal nagual. Hay muchas historias de las cosas que hacía esa mujer, pero la mayoría coincide en que ella prendía una fogata en el traspatio de su casa y luego danzaba alrededor del fuego hasta que se convertía en un extraño animal que tenía la lengua tan larga que alcanzaba a chuparles la sangre a los bebés desde la distancia. Dicen que, al momento de transfigurarse, dejaba su piel humana a un lado de la fogata y ya como animal se internaba en la selva.

En el pueblo donde vivía, y en los alrededores, la gente rumoraba que esa mujer era bruja. Siempre que amanecía un niño enfermo o lo encontraban muerto, sin sangre, le echaban la culpa a ella, pero como nadie tenía pruebas, no podían acusarla con las autoridades. Su esposo estaba al tanto de esos rumores, pero dudaba de su veracidad porque durante el día era una mujer buena, aunque normalmente estaba triste desde que sus tres hijos pequeños murieron mientras dormían. La gente decía que ella misma los había matado cuando estaba convertida en animal; rumores que su esposo también negaba.

Un día, él tuvo que ir a Santo Domingo con un compadre para comprar unas vacas. Como el camino es entre la sierra, le dijo a su mujer que iba a regresar hasta el tercer día. Ella continuó haciendo sus quehaceres diarios y convirtiéndose en animal por las noches. Como su marido terminó sus negocios antes de los esperado, volvió a casa al día siguiente. Llegó entrada la noche y se le hizo raro que su mujer no estuviera. Fue al traspatio y encontró una fogata prendida, alrededor había huellas y entre unas piedras descubrió una piel humana. El hombre no supo qué pensar, pero intuyó que los rumores eran ciertos. Le entró tristeza y coraje de saber que estaba casado con una bruja, pero más coraje al pensar que posiblemente era cierto lo que decían de que ella misma había matado a sus hijos chupándoles la sangre. Todavía con algo de dudas, sacó su cuchillo y cortó una mano a la piel y le clavó un topochillo (machete de madera) en un pie. Se sentó a esperar qué ocurría. Era de mañana cuando despertó; se había quedado dormido en el traspatio. Oyó que su mujer estaba gritando de dolor. Fue a buscarla al cuarto y ahí la encontró sin una mano y con el topochillo clavado en un pie. Así el hombre se dio cuenta de que su esposa era bruja, efectivamente. Aunque la llevó a la clínica, primero en San Martín y luego en Tamazunchale, la mujer se murió al tercer día.

Cuando los conquistadores fundaron una encomienda con el nombre de San Martín Chalchicuautla, en el siglo XVI, la región estaba habitada por familias tének y nahuas, quienes la conocían como Martín y Luis. Desde 1827 tiene categoría municipal y fue ascendida a villa en 1850.

Sus nombres históricos tienen varios orígenes: Martín y Luis, porque así se llamaban los caciques nativos de esta región ya en tiempos de la Colonia; San Martín, por el santo patrono de la localidad, y Chalchicuautla, que es una combinación de vocablos náhuatl que significa "Lugar de árboles de jade".

SAN VICENTE TANCUAYALAB

LOS HUEHUES:
UN LEGADO DE XANTOLO

Existen muchas versiones sobre el origen de las danzas de los huehues. Por un lado, algunas apuntan que surgieron gracias a las tradiciones tének, pero otras afirman que fueron traídas por los aztecas cuando éstos tenían subyugada a la Huasteca. Sin importar cuál versión sea la correcta, lo cierto es que los danzantes huehues están seguros que sus danzas son anteriores a la llegada de los aztecas y, por lo tanto, son parte de su cultura ancestral, aunque haya sufrido sincretismos.

Cuentan en San Vicente Tancuayalab que la tradición comenzó hace muchísimos años un día que estaban celebrando las fiestas de Xantolo y todo mundo andaba triste en el cementerio dejándoles ofrendas a sus difuntos –los panteones en aquellos tiempos eran diferentes a como son ahora, pues no había cruces ni imágenes cristianas. La costumbre era sentir tristeza y llorar a los difuntos en su día; todos la cumplían cabalmente. Entonces, de la nada apareció un espíritu enmascarado que se puso a bailar entre las tumbas. Como la gente era muy supersticiosa y tenía muchos miedos, corrieron todos a sus casas y fueron a buscar al sacerdote –sacerdote o chamán tének– para contarle de esa aparición y pedirle que hiciera un ritual y con eso el ánima chocarrera mejor se fuera a otra parte y no los siguiera asustando. El sacerdote se dirigió al panteón, acompañado de los lugareños, y el enmascarado continuaba bailando alegremente entre las tumbas. Entonces el sacerdote le preguntó: "¿Quién eres? ¿Qué quieres aquí?" El ánima respondió en lengua tének y así estuvieron hablando por un buen rato, mientras la gente estaba atenta al curso de la conversación. Luego el misterioso enmascarado pronunció unas palabras en una lengua que nadie entendía. Aún así, el sacerdote comprendió el mensaje que luego trasmitió a los suyos. Les dijo: "Este ser es el espíritu del mismo Xantolo que quiere enseñarnos cómo honrar a nuestros muertos con estas danzas".

La gente se mostraba escéptica y pensó que se trataba de un chistoso que andaba jugándoles una broma. En eso Xantolo dijo unas palabras en aquel lenguaje desconocido y aparecieron más ánimas enmascaradas que también se pusieron a bailar como si todo fuera una fiesta y no un día para sentir y expresar tristeza. A partir de entonces, se corrió la voz por todos los pueblos aledaños de las huastecas potosina y veracruzana y la gente ha seguido la tradición de organizar danzas con huehues enmascarados que bailan en las calles y en los panteones con singular alegría para divertirse en vez de sumergirse en un momento de llanto y amargura. En el lado potosino le llaman "huehuadas", mientras que en el veracruzano, "viejadas", pues son huehues disfrazados de mujeres.

Por último, cuentan que las máscaras de diablos surgieron con la religión católica, pues los diablos son cosa de los católicos y no de los tének. Aunque éstos tienen demonios en sus creencias, antiguamente no eran ni rojos ni tenían cuernos. La tradición de los huehues indica que luego de varios días de danzar en las calles, hay que terminar la Fiesta de Muertos bailando en el panteón, pues fue así como empezó la costumbre, pero igual lo hacen porque los tének desean compartir esta alegría con sus antepasados, a quienes también les gustaba bailar.

El hacedor de lluvias

Cuentan que una tarde andaba por los rumbos de Tancuiche un muchacho tének buscando conejos para cazar. Como hacía bastante calor, al pasar por el río decidió meterse al agua y refrescarse. Estaba nadando cuando se dio cuenta de que, a lo lejos, un hombre estaba dormido sobre una roca en medio del río. Esto se le hizo curioso porque casi nunca había gente en ese lugar. El muchacho salió del agua y se aproximó adonde el hombre dormía; en la orilla estaba su ropa y había un bastón. Por travesura, el muchacho se puso la ropa del hombre y agarró el bastón. Al momento de tomar el bastón en sus manos, se oyó un trueno y algo jaló al muchacho hacia las nubes. Se quedó muy sorprendido con aquella magia y muy divertido porque desde las alturas podía ver toda su tierra. Movió el bastón como si fuera una espada y vio que de él salían rayos. Volvió a mover el bastón, ahora en círculos, y se formaron muchas nubes y empezó a llover, pero él no se mojaba porque estaba sentado en una nube. Como últimamente había sido una época de sequía, el muchacho dirigió con el bastón las nubes para que lloviera bastante en toda su tierra. Pero como no sabía controlar las fuerzas de la naturaleza, la lluvia no cesó y se inundaron las milpas, se desbordaron los ríos y las casas fueron arrastradas por las corrientes.

Al darse cuenta de que algo extraño sucedía en la Tierra, los dioses se reunieron para platicar. Vieron que un muchacho tének estaba sentado en una nube muy asustado y arrepentido por sus travesuras. El dios del viento sopló fuerte y llevó al muchacho a la casa de los dioses en el cielo. Ellos lo regañaron, pero él les dijo que estaba arrepentido y que sólo había querido ayudar a su gente llevándoles la lluvia. Los dioses le quitaron la ropa y el bastón y se las mandaron de regreso al hombre que se había quedado dormido en la roca junto al río; era el dios de la lluvia. Éste regresó a la casa de los dioses y luego de escuchar el recuento de lo sucedido, dijo que iba a tomar al muchacho tének como su ayudante para que se encargara de llevar las lluvias a la Huasteca. El dios de la lluvia le enseñó al muchacho cómo hacer llover, pero le explicó que ya no podría regresar a vivir entre los suyos en la Tierra. El muchacho aceptó.

Cuentan que cada vez que se juntan las nubes, se oyen los truenos y relampaguea, el muchacho tének está en el cielo preparando la temporada de lluvias para que nunca falte agua en la Huasteca.

Cuando los misioneros franciscanos fundaron este pueblo en 1545, lo llamaron San Francisco Cuayalab. En 1767, al ser ascendido a villa, se le conocía como Villa Fundadores San Vicente. En 1827 recibió el título de cabecera municipal, ya con su nombre actual.

Sus nombres históricos tienen varios orígenes: Cuayalab o Tancuayalab, porque así lo llamaban los nativos tének, en cuya lengua significa "Lugar del bastón de mando"; San Francisco, por el fundador de la orden de los franciscanos que hizo misiones en la región, y San Vicente, por el patrono de la localidad, aunque la fiesta principal se celebra el 4 de octubre, día de San Francisco de Asís.

TAMASOPO

LOS HABITANTES LUMINOSOS DEL PUENTE DE DIOS

Las leyendas de pueblos fantásticos que existen en el interior de la Tierra o en otra dimensión, a la cual se accede gracias a la paradoja del tiempo, se narran en todos los rincones del planeta. Son historias ricas en fantasía, en vivencias y en misterios que hablan de extraños habitantes y de exóticos lugares a donde no cualquier humano tiene acceso, salvo por casualidad.

En Tamasopo saben que en la cascada del Puente de Dios se forman peligrosos remolinos y, por tal razón, la gente que se mete a nadar ahí puede morir ahogada. Los cuerpos de la mayoría de los ahogados son rescatados para luego transportarlos a su lugar de origen y darles cristiana sepultura, pero se dan casos cuando jamás los encuentran. Nadie sabe dónde quedan esos cuerpos y esa es una parte del misterio.

Se supone que atrás de la cascada hay una cueva y dicen que ahí los ladrones del pasado escondieron un tesoro que habían robado de una de las haciendas. No se sabe de alguien que haya logrado meterse atrás de la cortina, pues los chorros de agua producen corrientes turbulentas que tornan peligrosa a esa parte del río. Cuentan, sin embargo, que hace muchos años una familia llegó a pasar un día de campo en el Puente de Dios. Como no sabían de los peligros, todos se metieron a bañar y todos se ahogaron, excepto uno de los hijos. Él tuvo la triste experiencia de ver cómo los remolinos se tragaron a cada integrante de su familia y no pudo más que echarse a llorar, sentado en la orilla. No sabía qué hacer, si ir al pueblo a pedir ayuda o dejarse morir también, porque de todos modos ya había perdido a todos sus seres queridos.

La noche cayó y él continuaba sentado en el mismo sitio, inmerso en su profunda tristeza. En eso vio que de atrás de la cascada salieron unas personas, pero no eran personas como él, sino seres luminosos. Por un momento pensó que sus familiares habían regresado del más allá en forma de ánimas, pero luego se dio cuenta de que esos espíritus volvieron a meterse por donde habían salido. Armándose de valor, se quitó sus ropas y se lanzó al agua para llegar hasta la cueva atrás de la cascada. Pensó que si moría en el intento, al menos podría reunirse con sus padres y hermanos.

Nadó hacia la cascada por un lado y con gran esfuerzo alcanzó la parte de atrás; era roca viva, pues no existía puerta ni entrada a ninguna cueva. Estaba seguro de que había visto a aquellos seres luminosos entrar y salir por ahí y decidió esperar para ver si aparecían de nuevo. Estuvo sentado detrás de la cascada unas horas, expectante y triste a la vez que sintiendo frío. De pronto salieron más seres luminosos de un remolino que formaba la cascada al caer por la parte trasera. Cuando éstos lo vieron sentado ahí, sólo lo saludaron y se fueron hacia el bosque. De rato volvieron y se metieron de nuevo por el mismo remolino. El muchacho, tirándose de clavado, los siguió.

Como era de noche, el agua estaba muy fría y sintió que se ahogaba. No podía ver nada. El remolino le daba vueltas y vueltas. Siguió nadando hacia abajo. De repente abrió sus ojos y vio que en las profundidades había un pueblo, pero era un pueblo diferente a los que él conocía. Y la gente era distinta, pues sus cuerpos eran luminosos y no como los de los humanos. El muchacho caminó entre esos habitantes y por fin encontró a sus familiares, quienes eran ya seres luminosos también. Un anciano se le aproximó y le dijo que mejor se fuera de ahí, pues ese era un lugar donde los humanos no podían vivir con sus cuerpos. El muchacho pidió que lo dejaran quedarse; habló con el anciano y con otros seres luminosos, habló con sus familiares, habló con todos y les dijo que su máximo deseo era el de permanecer ahí por toda la eternidad. Los habitantes tuvieron una reunión y hablaron entre sí. Le informaron que se podía quedar tres días solamente para que disfrutase de sus familiares por última vez. Como no tenía otro remedio, el muchacho aceptó.

Al tercer día, se despidió de sus padres y hermanos para siempre. Otros habitantes de ese pueblo lo llevaron a la salida y le desearon buena suerte. Así concluyó su aventura, o casi... Cuando regresó a su ciudad, al llegar descubrió que todo era distinto. Ya nadie se acordaba de él ni de sus familiares, pues habían pasado treinta años desde que todos habían desaparecido. Treinta años y él seguía igual de joven.

Un tesoro en el Espinazo del Diablo

En la sierra arriba de Tamasopo hay un lugar que le llaman el "Espinazo del Diablo", un paraje serrano muy empinado y muy alto entre dos estaciones de tren. Se dice que es un tramo muy peligroso y por eso los maquinistas siempre tienen mucha precaución cuando pasan por ahí, pues en temporada de lluvias hay derrumbes que han provocado accidentes.

Sin precisar fechas, cuentan que hace muchos años se descarriló un tren en ese paraje. No se sabe con certeza si las gavillas que se dedicaban a asaltar los trenes de la ruta San Luis-Tampico lo descarrilaron a propósito o si fue un accidente, pero, según las pláticas, ese tren llevaba un enorme cargamento de puro oro que el dictador Porfirio Díaz iba a sacar por Tampico para llevárselo a Europa cuando se fuera al exilio. Con el descarrilamiento, que sucedió cerca del túnel número 7, el tren se cayó completo por una barranca y nadie vivió para contarlo. Las brigadas de rescate nada pudieron hacer y hasta la fecha los restos de aquel tren siguen tirados allá, en despoblado, y el cargamento, se dice, es un tesoro completo que todavía está allá abajo y no hay persona alguna que haya podido bajar hasta él. Parece que muchos han intentado, pero no han podido llegar porque está muy peligroso y en ese rumbo hay muchos animales salvajes.

Sin embargo, otras personas cuentan que arriba del túnel número 7 hay una cortina y entre la cortina hay un hueco muy angosto que es la entrada a una cueva con túneles y galerías muy profundas. A esa cueva han entrado muchas personas animadas por encontrar el tesoro y algunas no han salido jamás, a otras las han sacado muertas y las pocas que han salido para contar sus desventuras han dicho que cuando han visto las riquezas se aparecen unos seres sobrenaturales horribles que no permiten que nadie se lleve nada.

El primer asentamiento español en la comunidad tének de Tamasotpe, Tamazote o Tamzopop fue una misión fundada en el siglo XVI con el nombre de San Francisco de la Palma. Cuando le fue asignado el título de villa, pertenecía al partido de Hidalgo, con asiento en Rayón, y posteriormente a Alaquines. En 1827 se crearon los municipios de La Palma y San Nicolás de los Montes. En 1930 el municipio de La Palma cambió su nombre por el de Tamasopo, mientras que el de San Nicolás de los Montes cambió su cabecera a la ex hacienda de Agua Buena. En 1946 se incorporó al municipio de Agua Buena al de Tamasopo.

Sus nombres históricos tienen diversos orígenes: Tamasotpe, Tamazote, Tamasopo o Tamzopop son variantes de una combinación de vocablos tének que en conjunto significan "Lugar donde gotea"; San Francisco, por los misioneros franciscanos, y La Palma, porque en las tierras bajas abundan estos árboles.

APARICIONES EN EL ANTIGUO HOTEL

Como sabemos, las casas en ruinas, las haciendas y cualquier construcción abandonada suelen ser motivo de leyendas. Por lo general, se dice que en esos lugares asustan, que se oyen ruidos extraños, que salen fantasmas y, sobre todo, que hay tesoros. En todo el país existen muchas propiedades con tales características y las leyendas alrededor de ellas varían en contenido, pero no en esencia.

Ésta es una leyenda que cuentan en Tamazunchale sobre el antiguo hotel San Antonio que, en su época de esplendor, tenía lujosas habitaciones, restaurante, alberca e incluso zoológico. Pero cayó en completo abandono por muchísimos años hasta que lo rescataron para convertirlo en el centro comercial Plaza Peri. Según la leyenda, en ese lugar había dinero enterrado y cuando estuvo en abandono, decían que allí asustaban. Cuentan que una noche entraron tres amigos a buscar el supuesto tesoro y llevaban un aparato detector de metales. Anduvieron por los cuartos de abajo y el aparato no detectó nada de importancia. Luego se metieron a las viejas oficinas y tampoco señaló nada interesante. Siguieron así explorando por todas partes hasta que, en un patio trasero cerca de las ruinas de una construcción más antigua, el aparato sonó; al discriminar metales detectó oro a cierta profundidad.

Los tres amigos se pusieron a escarbar y a eso de las cinco de la mañana, dieron con una caja muy grande, tipo cofre, que no pudieron sacar. Rompieron el candado y, al abrir el cofre, salió el fantasma de un hombre y se fue como volando. Los amigos se asustaron al ver esa aparición, pero más susto les dio cuando vieron el fantasma de una mujer ataviada con un vestido azul muy elegante, quien estaba esperando al hombre en la parte de arriba, afuera del pozo. Gritando de espanto, los amigos corrieron a la calle y se quedaron afuera mucho rato hasta que se calmaron. Cuando despuntaba el amanecer se armaron de valor y regresaron al pozo para sacar del dinero. Cuál no fue su sorpresa al advertir que el pozo estaba tapado y las herramientas afuera, pero mayor sorpresa fue que sobre la tierra había huellas extrañas, no las de ellos sino las huellas de botas de hombre y de pisadas de zapatos de mujer. Eso se les hizo muy raro y volvieron a meter del detector de metales para ubicar de nuevo el tesoro, pero el aparato ya no pilló. Por más que trataron, no detectó nada y así terminó aquella aventura.

Cuentan que esos amigos luego platicaban de aquel extraño suceso que les tocó vivir y que nunca supieron si el cofre tenía monedas de oro o si en realidad todo había sido como un sueño. Pero lo que sí se sabe, pues mucha gente lo asegura, es que en ese antiguo hotel se aparecían los fantasmas de una pareja muy elegante, aunque quién sabe si hayan sido las mismas personas que supuestamente vieron los tres amigos la madrugada que estuvieron a punto de sacar el tesoro.

La región de Tamazunchale fue parte del imperio huasteco hasta la invasión azteca en el siglo XV. En cuanto a su fundación española, no se sabe con certeza cuándo haya sido. En 1827 recibió la categoría de cabecera municipal. A raíz de la construcción de la carretera Nacional (México-Laredo) la ciudad tuvo un gran auge económico.

El origen de su nombre se presta a varias interpretaciones, pues unos investigadores consignan que es voz tének y otros que es náhuatl, o bien, una combinación de ambas lenguas. Dependiendo de la versión, puede significar "Casa de sapos" o "Lugar donde reside la mujer gobernadora".

Tampacán

EKWET, LA CHACHALACA

Muchas historias huastecas tienen características de cuento popular que bien pueden explicar los orígenes de ciertas cosas, lugares o animales, dándoles así un contenido mitológico adicional. A continuación tenemos un buen ejemplo que cuentan por los rumbos de Tampacán, el cual explica cómo surgieron las chachalacas gracias a una decisión de los dioses.

Hace muchísimos años, antes de que los nahuas o los españoles llegaran a estas tierras, vivía por ahí una pareja tének que tenía muchos hijos y era muy pobre. Como era una familia numerosa, el padre no podía mantenerlos a todos, y eso que trabajaba la tierra de sol a sol. Por buenas que fueran las cosechas y luego llevara sus productos a vender a Tampacán o a Tamazunchale, nunca lograba tener suficiente para darles a todos de comer. Los hijos mayores le ayudaban a labrar la tierra, pero ni así acabalaban con los gastos. Los hijos más pequeños salían al monte a buscar frutas silvestres, que en esos días estaban escasas, pues había una sequía prolongada.

Un día muy caluroso y seco, los hijos menores salieron a recolectar frutas. Iban tres hermanas que les gustaba mucho platicar y dos niños más chicos. Como esas jovencitas eran muy platicadoras, eran también muy distraídas, pues de tanto platicar no se fijaban por el rumbo donde andaban. Si se extraviaban, su padre o sus hermanos mayores iban a buscarlas y siempre las encontraban a poca distancia de su hogar. Sin embargo, en esa ocasión se fueron más lejos de lo acostumbrado y por allá les cayó la noche. No supieron cómo regresar, pero se metieron a una cueva para refugiarse. Puesto que no habían logrado recoger ni una sola fruta, se durmieron con mucha hambre.

A la mañana siguiente se despertaron, sintiéndose débiles, y emprendieron el camino de regreso a casa, pero no sabían por dónde andaban y así transcurrió todo el día: sin alimento, sin agua y sin poder orientarse para volver a su hogar. Esa noche durmieron en el hueco de un árbol, pues tenían miedo de los animales feroces. Mientras tanto, sus padres y sus hermanos mayores habían salido desde la tarde anterior a buscarlos, sin poder dar con su paradero.

El día siguiente fue prácticamente igual: las tres hermanas y sus hermanitos deambularon horas y horas sin hallar la ruta de regreso a su casa. Por causa del sofocante calor, la falta de agua y de comida, todos andaban muy hambrientos y se sentían muy débiles. Pasaron las horas y cuando se hizo de noche tuvieron que dormir a la intemperie, pues no encontraron dónde refugiarse.

Las tres hermanas se despertaron como a las diez de la mañana y trataron de levantar a los niños, pero éstos estaban tan débiles de sed y hambre que les fue imposible ponerse de pie. Ellas salieron al monte a buscar agua o frutas y no encontraron nada. De rato regresaron adonde habían dejado a sus hermanitos y los vieron al borde de la muerte. Las tres se pusieron a llorar y le pidieron a los dioses que las ayudaran; dijeron: "Si nuestros cuerpos son suficiente para alimentar a nuestros hermanos, se los damos porque preferimos que ellos vivan".

Fieles a sus deberes, en el cielo se encontraban los dioses observando todos los acontecimientos en la Tierra y al percatarse del drama que estaba llevándose a cabo en ese punto de la Huasteca, le pusieron especial atención. Dado que había una súplica de por medio, decidieron intervenir, pero sabían que sólo podían dar algo a cambio de una ofrenda. Entonces dijeron que si esas muchachas en verdad se hallaban dispuestas a sacrificarse por el bien de sus hermanos, les tomarían la palabra. Así, las convirtieron en *ekwet*, que en tének quiere decir chachalaca.

El papá y los hermanos mayores oyeron mucho ruido a lo lejos y pensaron que debían de ser las tres hermanas que seguramente estaban platique y platique como de costumbre. Fueron hacia allá y encontraron a los niños desfallecidos por falta de alimento, pero faltaban las tres hijas. El ruido era producido por tres pájaros extraños que nunca habían visto antes y con flechas cazaron a dos de ellos –el tercero alcanzó a huir– para luego asarlos y con su carne darles de comer a los pobres niños. Éstos comieron y en un santiamén recuperaron las fuerzas y el ánimo. Nunca volvieron a saber de las tres muchachas que se sacrificaron para que sus hermanos sobrevivieran.

Desde entonces, las chachalacas siempre andan juntas en el monte y son muy "platicadoras", y la gente puede cazarlas y comerlas porque su carne es buen alimento.

DOS TESOROS EN UNA JOYA

Muchas de las historias de tesoros que se cuentan en México se ubican en la época de la Revolución, cuando por las revueltas y los robos la gente enterraba sus pertenencias, o bien, los mismos ladrones las enterraban en lugares poco accesibles. Un ejemplo se cuenta en Tampacán.

Hubo un coronel de la Revolución de nombre Marciano que, dicen algunos de sus descendientes, escondió un cuantioso tesoro en una joya que se encuentra en algún cerro en las cercanías de Tampacán. No saben de dónde sacó ese dinero el coronel, si lo ganó lícitamente o por otro medio, pero según contaba uno de los hijos del coronel que trabajó con él en su juventud, su padre le confió que en el interior de esa joya guardó veinticinco latas llenas de monedas de oro. Los primos de esa persona le preguntaban en cuál joya había enterrado el tesoro su padre el coronel, pero nunca quiso decir o nunca supo en realidad. Sin embargo, decía que muchos años antes otras personas habían enterrado allí mismo dos becerros rellenos de dinero.

También cuentan que un hombre acaudalado compró los terrenos donde se localiza la joya de la leyenda. Compró ganado y arregló el rancho. Sin embargo, en poco tiempo incrementó su fortuna y compró maquinaria y ganado más fino. Creen que ya sabía de los tesoros y que por lo menos sacó un becerro completo de puras monedas de oro.

No hay datos precisos sobre la fundación colonial de Tampacán, pues todo parece indicar que pasó inadvertido por los misioneros del siglo XVI. Sin embargo, para el año de 1867 ya estaba considerado como un importante centro agrícola y ganadero, por lo que recibió la categoría de cabecera municipal.

Su nombre es voz tének que, según una versión, significa "Lugar de cimientos", aunque otra afirma que quiere decir "Lugar donde abundan las tortillas de huevo".

Tampamolón Corona

No creía en la fiesta de Todos los Santos

Hay historias que, por su contenido y desenlace, dejan una enseñanza moral de acuerdo con la idiosincrasia de un pueblo o cultura. En la Huasteca, como en otras partes, se cuentan muchos relatos de este tipo, los cuales están relacionados con las tradiciones y costumbres de los pobladores, sean tének, nahuas o mestizos. Un buen ejemplo es este que habla de alguien que no solía observar la tradición de Día de Muertos y por ello recibió un castigo.

Ésta es la historia de un hombre que residía en Tampamolón. Era un hombre raro, no tenía muchos amigos, vivía solo porque no quería casarse ni tener hijos; sus padres habían muerto años atrás y sus hermanos se habían ido de mojados a los Estados Unidos. Cuando se aproximaba la fiesta de Todos los Santos, siempre se ponía de muy mal humor. Año tras año, mientras la gente preparaba las ofrendas para sus difuntos, arreglaban los altares e iban al cementerio, el hombre prefería encerrarse en su casa. Unos primos suyos le decían que era un deber participar en la fiesta y llevar ofrendas a las tumbas de sus ancestros en el panteón, pero el hombre se negaba porque no creía en esas cosas.

En cierta ocasión, al llegar la fiesta de Muertos, como de costumbre toda la gente andaba muy atareada arreglando los altares y las ofrendas para colocarlas en el panteón el día 2 de noviembre, pero como el hombre de esta historia en esas fechas andaba cosechando el maíz de su milpa, no pudo encerrarse en su casa como solía hacerlo. Esa vez se fue a trabajar a su parcela; salió antes del amanecer con la idea de no encontrarse a nadie que le diera toda una explicación sobre la importancia de llevar una ofrenda a sus padres y abuelos en el cementerio. Con el mismo propósito se quedó hasta muy tarde en la milpa. Cuando se metió el sol, regresó a su casa sin mucha prisa.

Iba muy sigiloso por una vereda cuando vio a mucha gente caminando en fila por ese mismo rumbo y se escondió detrás del matorral para que nadie lo viera. Advirtió que todos iban muy contentos y que en sus manos llevaban ofrendas. Entonces se dio cuenta de que esas personas eran difuntos, pues reconoció a todos y a cada uno de ellos. Primero, unos viejitos que habían sido amigos de su familia; luego, unas muchachas que habían fallecido en un accidente; después, sus abuelos, y así continuó la larga fila de conocidos que iban muy felices con sus ofrendas de regreso al mundo de los muertos. Al final de la fila pasaron sus padres; iban muy tristes porque no llevaban ninguna ofrenda.

El hombre se afligió mucho de haber visto a las ánimas de sus padres tan tristes y, al percatarse de su error y egoísmo, fue corriendo a su casa a preparar una ofrenda. Pero ya era demasiado tarde, pues tendría que esperar todo un año para que los difuntos volvieran al mundo de los vivos. Cuentan que el hombre se quedó muy angustiado por varios días hasta que se murió de tristeza.

Se desconoce la fecha de la fundación española de este lugar, aunque los misioneros franciscanos en sus crónicas lo mencionaban como Santiago Tampamolón. En la antigüedad había sido territorio tének hasta que en el siglo XV fue conquistado por los nahuas. En 1827 recibió la categoría de cabecera municipal de Villa Tampamolón. Desde 1944 se le llama oficialmente Tampamolón Corona.

Sus nombres históricos tienen varios orígenes: Tampamolón es voz tének que significa "Lugar de muchos jabalíes"; Santiago, por el santo patrono, cuya fiesta se celebra el 25 de julio, y la extensión Corona, vigente desde 1944, se dice que fue dada por Hernán Cortés quien le dio el título de Villa Tampamolón de la Corona.

TAMUÍN

LA LUZ DE UN GARROTERO

En todo el mundo cuentan historias de luces inexplicables. En algunas partes le llaman "la luz errante", en otras creen que son brujas[*] y no poca gente afirma que se trata de los ovnis; sin embargo, en lugares ferrocarrileros algunas veces los lugareños explican que esa luz misteriosa tiene como origen una muerte accidental de alguien que trabajaba en las vías y creen que su ánima es la que carga esa luz encendida, o bien, que la luz sea el ánima misma.

Entre las estaciones de Las Palmas y la de Tamuín hay una tirada recta como de 10 km hasta donde hace curva en una loma. Dicen que por ahí todas las noches se ve una luz fantasmal que se viene por toda la vía. Por la altura en que se ve, creen que pueda ser la luz de una lámpara que traía un garrotero que murió en algún accidente. Antes de llegar a Tamuín existen dos puentes y dicen que en el segundo puente es donde se desvanece la luz fantasmal. Pasan como unos veinte o treinta minutos y la vuelven a ver que viene de allá para acá. Así se la pasa la misteriosa luz cada noche: va y viene en un tramo de esa tirada.

Esto no es nuevo porque tanto la gente que hace muchos años trabajaba en el tren, como los lugareños mismos platicaban de esa luz y les decían a los niños: "Ya viene el garrotero para acá, pero ustedes no se apuren porque nunca alcanza a llegar hasta aquí". O sea, los mayores ya sabían esa historia y estaban acostumbrados a ver aquella misteriosa luz y sabían, por decires o por experiencia personal, que no cruzaba el segundo puente, donde desaparece.

---

[*]   Véase **Bolitas de lumbre y un aquelarre**, en el relato correspondiente a SANTO DOMINGO.

Cuentan que un jubilado de los ferrocarriles que vive en Cárdenas platica que su papá era de Tamuín y éste decía que de niño miraba esa lucecita desde un lugar conocido como El Coco y después se regresaba en el segundo puente. Ni aquel señor ni nadie sabe qué ocurre cuando esa luz se desvanece: si se mete en un pozo, si da vuelta o si se apaga simplemente, pero lo cierto es que toda la gente que la ha visto afirma que deja de verse y de rato ya viene otra vez a lo lejos.

El jubilado también platica que su papá era muy escéptico y fue a ver si era verdad eso de la luz misteriosa. Anduvo caminando a lo largo de las vías para desengañarse. Cuando miraba la luz muy cerca y luego se le desaparecía, el señor se rascaba la cabeza como diciendo que tal cosa no era posible y debía existir una explicación. Una noche muy oscura sucedió que venía la luz y él caminó hacia ella con el afán de tenerla frente a frente, pero para cuando acordó la luz estaba detrás de él; no supo si lo brincó o lo rodeó o qué pasó. A partir de entonces sí creyó en esa luz espectral que supuestamente es el ánima de un garrotero.

Hacia 1516, los españoles ya transitaban por estos territorios con motivos de exploración y comerciales, aunque después se asentaron con fines de conquista. Es posible que al lugar se le conociera con su nombre actual, aunque los hispanos no supieran cómo pronunciarlo y menos escribirlo. En 1827 se creó el municipio de Tamuín.

Tal vez no haya otra ciudad huasteca con tantas variantes de su nombre, pues a lo largo de su historia lo han escrito indistintamente como Tam-Huinic, Tamnoc, Tamohi, Tam-Ohin, Tamo-Oxxi, Tamuche, Tamuchi, Tamui y Tamuyn, sin embargo, cualquiera de estas variantes parecen tener el mismo significado en lengua tének: "Lugar de catán" o "Lugar de mosquitos", excepto Tam-Huinic, el cual se traduce como "Lugar del libro del saber".

Tancanhuitz de Santos

ABDHI',
EL ESPÍRITU DEL FUEGO

Los mitos son aquellas historias en las cuales intervienen los dioses para crear algo o ayudar o castigar a los humanos. Un mito universal es cómo los humanos recibieron el fuego; mito que se cuenta con diferentes símbolos, personajes o contextos, pero la esencia es la misma. Aquí tenemos una versión tének de cómo los dioses les dieron el fuego a los huastecos y éstos aprendieron a utilizarlo.

Cuentan los ancianos tének que hace muchísimos años, los habitantes de la Tierra sólo comían cosas crudas porque no conocían el fuego y por esa causa se enfermaban con frecuencia, pues comer alimentos calientes es mejor y da más vitalidad. Como aquellos habitantes estaban débiles y también se morían de frío, los dioses platicaron entre ellos y tomaron la decisión de regalarles el fuego. Así, primero mandaron un rayo que cayó en Piaxtla sobre un tronco seco y lo incendió, pero la gente se asustó mucho y se fue a vivir a otra parte. Luego quemaron un pastizal cerca de Tamaletom, pero los habitantes corrieron otra vez muy asustados y no quisieron regresar por ahí, pues pensaron que se trataba de algo malo. En otra ocasión cayó una bola de fuego en una pila de rastrojo y ni así lograron los dioses que la gente comprendiera el mensaje. Después de varios intentos más, los dioses decidieron cambiar la estrategia para darle a entender a los humanos que el fuego era un regalo para ellos. Enviaron a la Tierra a un mensajero.

Fue así como *Abdhi'*, el espíritu del fuego, bajó a los territorios de Tancanhuitz para hablar con la gente. Al principio le tuvieron miedo, pues tenía forma de llamas incandescentes, hasta que les explicó quién era y por qué había venido a visitarlos. Ya entrados en confianza, les enseñó qué era el fuego, cuál era su uso y cómo podían utilizarlo. Para darles una muestra, les prendió una fogata y les cocinó comida: cazó un venado y lo asó. Los humanos comieron todo aquello y quedaron muy agradecidos con *Abdhi'*, pues les gustó muchísimo esa comida tan diferente a la que acostumbraban comer.

Una vez transmitido ese conocimiento, y de haberles enseñado también las precauciones que deben tomarse en torno al fuego, *Abdhi'* se fue de regreso a su casa en el cielo, donde reportó a los dioses sus aventuras con los habitantes de la Tierra. Todos se sintieron muy conformes de ver que los seres humanos ya tenían el fuego y sabían aprovecharlo.

Desde entonces, la raza humana recuerda a *Abdhi'* en el inconsciente colectivo y por tal razón le prenden velas o hacen fogatas y bailan alrededor del fuego, para así agradecerle su gran dádiva. Sin embargo, cuando la gente hace algo malo o se olvida del espíritu del fuego, *Abdhi'* se enoja y provoca incendios que queman el monte y los cultivos. Después, si hay arrepentimiento, *Abdhi'* habla con otros dioses y éstos mandan las lluvias que apagan los incendios forestales.

La fundación tének de este lugar fue en 1522, con el nombre de Canhuitzn. No se tienen datos de cuándo fue fundada por los españoles, pero a principios del siglo XVIII ya existía la parroquia de san Miguel Arcángel. En 1826 se creó el Partido de Tancanhuitz, con varios municipios vecinos. El primer ayuntamiento se estableció en 1827.

Su nombre original era Tamk'anwits que, en tének, significa "Lugar de flores sagradas" o "Canoa de flores amarillas". El complemento es en honor al revolucionario Pedro Antonio de los Santos Rivera, quien nació en Tampamolón e inició el periodismo en Tancanhuitz en 1936.

TANLAJÁS

LOS PAK'AN Y LOS LINTS'I'

Los relatos de gigantes son parte de la mitología universal. Toda civilización tiene mitos y leyendas de aquellos habitantes que poblaron la Tierra mucho antes del surgimiento de los seres humanos. En la Huasteca existen muchos de tales relatos, como en la región de Tanlajás donde cuentan historias de los *lints'i'*, que fueron descendientes de los *pak'an*.

Uno de los tantos mitos de la creación que los tének de Tanlajás les platican a sus hijos explica que cuando Dios creó el universo, el mundo, las plantas y los animales, también dio vida a los *pak'an*, unos seres gigantescos que vivieron en la sierra huasteca. Aquellos *pak'an* tuvieron mucha descendencia, unos más inteligentes o perfectos que otros, quienes al reproducirse constituyeron las razas del mundo y se fueron a poblar todos los rincones del planeta.

En la Huasteca se quedaron a vivir los *lints'i'*, una de esas razas gigantescas, aunque su estatura no llegaba a las dimensiones de sus padres, los *pak'an*. Esos corpulentos *lints'i'* tenían tres pies y dos brazos, además de mucho pelo en el cuerpo. Como su organismo era diferente al de los humanos de la actualidad, carecían de dientes, pues no necesitaban ingerir alimentos ni beber líquidos; se nutrían solamente de la esencia de la comida cruda, como por ejemplo del aroma de las semillas tiernas de maíz o del perfume de las flores. Ellos se alimentaban a través del olfato, que tenían muy desarrollado.

Los *lints'i'* eran muy pacíficos, pues no peleaban con nadie y no tenían necesidad de cazar animales para sobrevivir, como tampoco había depredadores que los cazaran a ellos. Así vivieron en armonía por muchos siglos hasta que una nueva raza llegó a habitar estas tierras de la Huasteca, la raza de los humanos primitivos. Éstos eran más bajos de estatura y sí comían alimentos, como carne cruda de animales que cazaban o frutos silvestres.

Cuando aquellos primeros humanos descubrieron a los *lints'i*, les tuvieron un pavor extremo porque éstos eran gigantes y presuntamente muy poderosos. Sin embargo, al darse cuenta de que en realidad eran pacíficos, los corrieron de estas tierras en una guerra de un solo lado, pues la verdad es que no tuvieron resistencia de sus adversarios. Los *lints'i* no podían defenderse porque no sabían cómo hacerlo, pues su naturaleza no era violenta; además, no eran una raza muy numerosa. Un día organizaron un concilio y tomaron la decisión de irse a otro lugar donde pudieran continuar viviendo en paz y en armonía con el mundo, y lejos de sus enemigos. Pero, sin importar a dónde fueran, siempre eran perseguidos por los humanos. Con el paso del tiempo, aquella raza se extinguió, fue exterminada por la crueldad humana. Sin embargo, es posible que hayan encontrado un lugar pacífico en el interior de la Tierra, pues se dice que los últimos *lints'i* que fueron vistos estaban en la entrada de una cueva en la sierra de Pioxtla. Tal vez aquellos seres mitológicos hallaron la manera de seguir viviendo felices en este mundo, aunque lejos de los humanos.

Esta región era parte del gran imperio huasteco que tuvo su declive por causa de la conquista. La fundación española fue en 1723. El nombre asignado por los conquistadores fue Santa Ana de Tanlaxás. A principios del siglo XIX recibió la categoría de villa y en 1827 se creó el municipio de Tanlajás.

Su nombre antiguo es una combinación de vocablos tének y castellano: Tam significa "lugar" y laxas o lajas quiere decir "piedra en forma de capas" o "piedra en forma de hojas"; por lo tanto, el significado de Tanlajás es "Lugar de lajas".

TANQUIÁN DE ESCOBEDO

EL MUCHACHO FLOJO QUE APRENDIÓ A TRABAJAR

Muchos cuentos huastecos son ricos en ingenio, en enseñanzas y tienen candor en su lenguaje. Suelen estar rodeados de motivos mitológicos, pues recrean lugares fantásticos, hablan de seres imaginarios y, con frecuencia, mencionan a los dioses. Entre muchos, éste es un cuento con moraleja que, en poblaciones como Tanquián, lo cuentan a las nuevas generaciones para que algo aprendan de él.

He aquí la historia de un muchacho muy flojo que enamoró a la hija de un hombre muy trabajador. Cuando el papá supo que ella andaba de novia con aquel bueno para nada, le dijo: "Hija, no te conviene ese muchacho porque no tiene nada qué ofrecerte y, aparte de flojo, es muy pobre". Ella le dijo que estaba muy enamorada de él, aunque fuera pobre y flojo. Comprensivo, el papá aceptó la decisión de su hija.

Ya de casados, el muchacho se fue a vivir a la casa de su suegro y un día éste le dijo: "Necesito que me acompañes a la corrida allá en la sierra. Tú cuchileas a los perros y yo me voy a la punta de una loma porque si los perros encuentran a los venados, los venados van a salir más adelante y allá yo los voy a estar esperando con la carabina". El muchacho estuvo de acuerdo y se fueron de cacería. El suegro se adelantó y se fue a la punta de un cerro, mientras que el yerno se quedó en los llanos cuchileando a los perros y yendo detrás de ellos. Horas más tarde, llegaron hasta donde se encontraba esperándolos el suegro, pero no salió ningún venado.

El suegro sugirió mejor ir a un lugar donde hay un sótano –como el famoso sótano de las Golondrinas, en el municipio de Aquismón. Una vez ahí, le dijo a su yerno que se acercara a la orilla para ver algo que brillaba en el fondo, algo como un montón de monedas de oro. El confiado muchacho se arrimó a prudente distancia, pero no veía nada en el fondo del sótano. "Ven, acércate más para que veas bien eso que brilla muy abajo con el sol", le urgió el suegro. Aquél se aproximó todavía más y el suegro lo empujó. El muchacho cayó gritando de angustia y el suegro regresó a su casa muy campante como si nada hubiera pasado.

En su caída, el muchacho esperaba la muerte, pero como el lugar era tan profundo resulta que cuando estaba a punto de dar el azotón, cientos de *kwele'* (guacamayas, en tének) volaron y esos pájaros verdes fueron los que lo salvaron, pues amortiguaron el golpe y el muchacho cayó muy suavecito en el fondo. Una vez abajo, el muchacho descubrió que el lugar era muy grande y había claridad, aunque no llegaba la luz del sol. Miró hacia arriba y vio la boca del sótano muy en alto y se preguntó con tristeza y resignación: "¿Cómo le haré para salir de aquí?" En eso escuchó una voz que le dijo: "Oye, tú, ¿pues qué estás haciendo ahí?" Se sorprendió que hubiera alguien en aquellas profundidades. Un hombre de aspecto extraño se le acercó y el muchacho le explicó que su suegro lo había empujado porque quería deshacerse de él. "No te preocupes, ahorita vendrán algunos compañeros a atenderte. Mientras tanto, siéntate a descansar", le dijo el hombre. El muchacho se fijó y encontró unos banquitos; se sentó en uno cómo le habían indicado. Esos banquitos eran nada menos que enormes culebras enroscadas. Al muchacho le entró un pánico tremendo, pero el hombre le dijo que no tuviera miedo porque esas víboras no hacían nada. Como no tenía otra alternativa, el muchacho se puso a descansar.

Al cabo de un rato llegaron otras personas y le preguntaron si deseaba volver a su mundo; el muchacho les respondió afirmativamente porque allá había dejado a su esposa con quien estaba recién casado. "Tenemos órdenes de sacudirte y lo vamos a hacer", le dijeron esas personas. Entonces lo colgaron de las manos y lo zarandearon de los pies. Con esa sacudida cayeron de él bastantes gusanos. "Esto que estamos haciendo es para que estés limpio de todas las cosas malas de tu vida", le explicaron los habitantes de aquel mundo, "pero como dijiste que quieres regresar, te vamos a dejar tantitos para que tú mismo aprendas a deshacerte de ellos".

El muchacho siete días estuvo en el mundo subterráneo. Al séptimo día, sus anfitriones le dijeron que ya era momento de volver y para eso le iban a mostrar el camino de regreso a su mundo. Uno de ellos empacó algunas cosas en un talego; le puso semillas de calabaza, de guaje, de maíz, de pipián, de ajonjolí, de varios tipos de frijol y muchas semillas más. Antes de regalarle ese talego le dieron una orden: "Tú siempre has tenido mala suerte porque has sido perezoso y por eso también eres pobre. Ahora que regreses a tu mundo debes ponerte a sembrar estas semillas y trabajar la tierra". El muchacho se sintió muy apenado y dijo: "Tienen razón, yo siempre he sido muy flojo y no me gusta ver salir el sol. No sé trabajar, pero voy a hacer lo posible de seguir sus consejos". Y los hombres le dijeron: "No se necesita mucho palmo de terreno para que lo trabajes. Tú siembra en una parcela, primero limpia el terreno y luego trabájalo. Ya verás que con trabajo y mucho empeño todo sale bien".

El trayecto a la superficie no fue muy largo: entraron por una cueva, subieron por un sendero muy empinado y finalmente salieron al mundo que nosotros conocemos. En la salida, los guías de aquel pueblo subterráneo se despidieron del muchacho, quien les agradeció por su hospitalidad. Luego se fue directo de regreso a su casa en Tanquián y, para sorpresa suya, su esposa ya vivía con otro hombre. Resulta que el muchacho estuvo en el mundo subterráneo siete días de ese tiempo, pero en nuestro tiempo habían transcurrido siete años. No se desanimó por esa situación y se puso a sembrar la tierra como le habían ordenado sus amigos. En poco tiempo, su parcela estaba lista para ser cosechada. Como el ex suegro vio una parcela muy hermosa y fértil, le entró la envidia y para poder quitársela le dijo que como ya no vivía con su hija era mejor que se largara a otra parte. El muchacho no quiso echar pleito y se fue a un terreno baldío de al lado; lo aró y sembró unas semillas. En pocas semanas esa parcela estaba lista para la cosecha, mientras que la otra que le había quitado el ex suegro se secó y la siembra se echó a perder. Eso al hombre le causó más envidia y fue a comprar el terreno. Ya con el título de propiedad, corrió al muchacho de ahí. El viejo envidioso de inmediato se puso a sembrar en esa tierra que parecía muy fértil, pero no se dio nada.

Como el muchacho había levantado su cosecha antes de irse, fue a vender sus productos y con el dinero compró un campo de labranza. Lo limpió con esmero y sembró la semillas que le habían dado sus amigos del mundo subterráneo. Al poco tiempo el terreno ya estaba listo para ser cosechado, ante la envidia del ex suegro, pues sabía, además, que no podría quitarle esas tierras.

Nadie sabe con exactitud cómo le hacía el muchacho para obtener tan buenas cosechas, pero lo que sí se sabe es que al amanecer bajaba una neblina a su terreno y no se quitaba hasta el mediodía. Así, su parcela siempre tenía humedad. El muchacho desde entonces fue muy trabajador y cultivó más terrenos y ayudaba a la gente vendiéndole barato su producto. Por su parte, el ex suegro se hizo muy flojo, pues ya no le gustó trabajar la tierra porque nada se le daba.

La fundación española de Tanquián se hizo en el siglo XVI sobre las ruinas de un antiguo centro ceremonial del imperio huasteco. En 1870 obtuvo la categoría de municipio y entonces se le agregó de Escobedo a su nombre.

El origen de su nombre es voz tének que significa "Lugar de palmas" o "Lugar de pericos", dependiendo de la versión. El complemento es en honor a Mariano Escobedo, quien era gobernador del estado cuando Tanquián se convirtió en municipio libre.

XILITLA

UN CABALLO CHICLÁN Y LA SEÑORITA ALMARAZ

Muchas leyendas tienen como origen un acontecimiento real sucedido hace tantos años que, con el transcurso del tiempo, se convierten en anécdota y luego pasan a al campo de la leyenda. Esto sucede cuando los hechos no quedaron registrados como parte de la historia oficial de un lugar. Por ejemplo, en Xilitla cuentan un singular evento ocurrido en la época de la Revolución. Al parecer, a esta ciudad llegaban los villistas porque los lugareños apoyaban el movimiento encabezado por Pancho Villa, pero también solían venir otros revolucionarios, como los carrancistas o los cedillistas (éstos, poco mencionados en el ámbito nacional, porque su campo de acción fue principalmente en la Región Media de San Luis Potosí). Una tarde llegaron unos bandidos carrancistas y anduvieron haciendo muchísimo alboroto. De tanto barullo que armaban, la gente salió a la plaza a ver qué estaba sucediendo. Entre otros, llegó un muchacho –hijo de las personas más ricas del pueblo– en un caballo muy bonito; el caballo era chiclán (de los que sólo tienen un testículo). Como el caballo era muy fino y el muchacho lo garigoleaba con elegancia, al jefe de la gavilla carrancista le gustó y lo quiso para él. Le dijo al muchacho: "Oiga, qué bonito caballo tiene usted".

Se sabe que los ladrones de aquella época daban por hecho que al expresar un halago por alguna cosa, fuera cual fuera, la persona quedaba obligada a regalarles la prenda o el animal, como en este caso del caballo chiclán. Entonces el muchacho dijo: "Pues a sus órdenes". Pero a sabiendas de que el bandido iba a tratar de quitárselo a como diera lugar, el muchacho mejor fue a esconderse porque no estaba dispuesto a perder su caballo.

Por el coraje de no haber recibido el caballo chiclán, el jefe carrancista tomó el pueblo. Ordenó a los de su gavilla que sacaran todo el petróleo que hubiese almacenado en las casas y en los expendios. Así, juntaron varios tambos y cubetas de combustible y los apilaron alrededor de la plaza. Entonces el hombre les dijo a los habitantes que si no le entregaban el caballo chiclán iban a hacer que todo el pueblo ardiera en llamas.

La gente estaba por demás angustiada y esperaba lo peor, sin embargo, llegó a la plaza una señorita de nombre María del Jesús Almaraz, quien se dedicaba a hacer jabones –tenía una pequeña industria jabonera en el traspatio de su casa. Llegó con todas sus joyas y se las entregó al jefe de la gavilla, diciéndole: "Mire, señor, aquí no tenemos grandes riquezas y usted ha de estar enterado de que el muchacho del caballo chiclán ya se fue a Querétaro. No por causa de un caballo vamos a sufrir todos porque ustedes quieren incendiar el pueblo. Llévese estas joyas y por favor váyanse a otra parte porque aquí no hay nadie con armas para pelear en la Revolución".

Cuentan que entonces aquel bandido agarró las joyas y no incendió el pueblo, pero tampoco se llevó al caballo, pues creyó que su dueño ya se había ido a Querétaro; la verdad es que estaba escondido en la casa de la misma señorita Almaraz. A partir de entonces, por su valentía ella quedó en la memoria de muchos como la salvadora de Xilitla.

DOS TIPOS DE ESPANTO

Cuentan que en la sierra de Xilitla, y en toda la sierra huasteca, hay muchos tipos de víboras, unas más malas que otras; las culebras *nomás* asustan y pueden morder si uno las torea, pero no tienen veneno, las venenosas son la brazo de metate, la coralillo, la metapil y otras más. Como uno nunca sabe con eso de las víboras, es preferible no buscarle y si uno encuentra una víbora en el monte, hay que esperar que se vaya o, mejor, sacarle la vuelta; nada de tirarle de pedradas o lo que sea porque si la víbora se enoja persigue a uno hasta morderlo. La mordedura de víbora es malo y puede matar al dasafortunado, pero hay algo peor que eso, según cuentan...

Dicen algunas personas por los rumbos de Xilitla que el espanto de víbora es más malo que la mordedura porque, cuando uno se asusta, el espíritu queda enfermo y no hay cura que los médicos tengan ni tampoco hay medicinas que curen de espanto.

Es lo mismo cuando uno se espanta con el agua. Por ejemplo, si uno anda nadando y hay un remolino y siente como que no puede salir, entonces se espanta. El espíritu se queda atrapado en el agua y solamente un curandero que sepa puede curar ese espanto porque no siempre funcionan las ramas y los inciensos. También le tienen que dar de tomar una hierba que se llama mogüite[*]; esa hierba uno la echa en agua y se pone toda roja. Ese mogüite es muy bueno para curar de espanto por víbora, por agua o por otra cosa, según dicen.

---

[*] El mogüite o mohuite, mejor conocida como muicle (*Justicia spincigera*), es una planta que crece en climas tropicales y se le da varios usos en medicina tradicional de muchas partes de México.

EDWARD JAMES EN LAS POZAS

Me acuerdo que la primera vez que fuimos a Xilitla, a Las Pozas, íbamos en familia –yo tendría como catorce años– y anduvimos caminando y viendo las esculturas y las escaleras inconclusas. Llegamos al río. Para entonces ya sabíamos la historia del inglés que había construido todo ese jardín fantástico. Entonces llegamos al río y había una poza y nos íbamos a meter a nadar porque hacía mucho calor e íbamos preparados para nadar. Pero en eso estaba un señor gordito, calvo, con barba blanca, encuerado; estaba encuerado asoleándose y me acuerdo que mi papá dijo: "Vámonos a otra parte", y nos fuimos. Ahí hubiera quedado la cosa, pero más tarde en el pueblo llegamos a un restaurante y había una fotografía del señor gordito que habíamos visto encuerado, que resultó ser el mismo inglés Edward James. Lo chistoso, y aquí viene el misterio, es que nos enteramos que ese señor había muerto varios años antes en Europa, en Inglaterra o en Italia, no sé. Entonces nosotros lo vimos, pero vimos su fantasma y sí nos asustó la idea, pero también nos gustó la idea de que vimos al inglés aunque anduviera encuerado. Y nos platicaron que sí, que ese señor se aparece algunas veces nadando en las pozas o asoleándose encuerado porque es lo que él hacía en ese paraíso que él mismo construyó.

Xilitla era conocida como Taziol por los tének. Las primera incursiones españolas se remontan a 1522, cuando perteneció a Hernán Cortés. En 1553 los frailes agustinos iniciaron la construcción del convento. En 1827 recibió la categoría de villa. Años más tarde se le dio el título de cabecera municipal.

Hay distintas versiones del significado de Xilitla y todas coinciden que es de origen náhuatl y se interpreta como "Lugar de caracolillos", "Lugar de cascabeles", "Lugar de chile" o "Lugar de coyoles".

REGIÓN MEDIA

Libros de leyendas del mismo autor:

Mitos y leyendas del norte de México. 1ra. edición: CdMx. 2024.

Mitos y leyendas de Nuevo León. 1ra. edición: SMA, Guanajuato. Octubre 2024.

Creencias, mitos y leyendas de animales. 2da. edición: SMA, Guanajuato. 2024.

Misterios - leyendas de San Luis Potosí. 2da. edición: SMA, Guanajuato. 2024.

Haciendas del Altiplano. Historia(s) y leyendas. Tomo I. Grandes latifundios virreinales. 2da. edición: SMA, Guanajuato. 2024.

Mitos y leyendas de huachichiles. 2da. edición: SMA, Guanajuato. 2024.

Haciendas del Altiplano. Historia(s) y leyendas. Tomo II. De la Independencia a la Revolución. 2da. edición: SMA, Guanajuato. 2023.

Mitos, cuentos y leyendas de Nuevo León. Regiones Citrícola y Sur. 1ra. edición: Guadalajara, Jalisco 2022.

Leyendas de todo México. Aparecidos y fantasmas. Editorial Trillas. México. 2016.

Mitos y leyendas de todo México. Editorial Trillas. México, D.F. 2010.

Los títulos subrayados están disponibles en **Amazon**, en la categoría "Biblioteca Homero Adame".

EL SANTO ENTIERRO

Muchas leyendas que se cuentan en cualquier parte del mundo tienen infinidad de versiones, como por ejemplo aquellas cuyo origen es una anécdota o un evento histórico, el cual, a través del relato oral, con el tiempo va tomando tintes de leyenda. Tal es el caso de las explicaciones de cómo llegó la imagen de un santo o virgen a determinado lugar.

En Alaquines saben que la imagen del Santo Entierro es de origen guatemalteco y fue traída en barco a Veracruz y de ahí fue trasladada a la Ciudad de México. Cuentan que un día la enviaron a Ciudad del Maíz porque ese era su destino final; la figura iba transportada por un grupo de arrieros que en una recua llevaban mercancías a Ciudad del Maíz y una mula llevaba el embalaje con la imagen. En algún punto del camino los arrieros pararon a descansar y horas después, al pasar por Alaquines, donde no tenían por qué detenerse, esa mula se echó en un solar y no la pudieron levantar; por más que la azuzaban a latigazos, la mula no se movía de su sitio. Pensaron los arrieros que la mula estaba cansada y para ayudarle le quitaron de su lomo la caja donde venía la imagen del Santo Entierro y en eso la mula se levantó y corrió sola a todo galope hasta Ciudad del Maíz, adonde llegó sin caja –la encontraron allá al día siguiente muy campante por ahí esperando a los arrieros.

Otra versión dice que la imagen no venía en una mula sino en un burro, mientras que otra más afirma que la llevaban en una carreta. Esta versión explica que los bueyes simplemente no se pudieron mover de ese solar en Alaquines. Los arrieros de la carreta bajaron la caja con la figura y los bueyes empezaron a caminar solos y se fueron.

Una versión más cuenta que en una carreta venían dos imágenes, la del Santo Entierro y la de la virgen de la Purísima Concepción. Ambas esculturas iban resguardadas en cajas tipo ataúdes y como aquella tarde estaba muy nublado, los arrieros bajaron las dos cajas para protegerlas adentro de la iglesia de San José de Alaquines, que en ese entonces ya existía. A la mañana siguiente, cuando iban a reanudar su camino, los arrieros trataron de subir las imágenes de nuevo a la carreta. La caja de la virgen de la Purísima Concepción se sentía muy ligera y con facilidad la acomodaron en la carreta, pero la caja del Santo Entierro se hizo muy pesada. Entre varios hombres no pudieron levantarla y entonces arrimaron la carreta hacia adentro de la iglesia. Ayudados con cuerdas, finalmente subieron la caja a la carreta y cuando ya se disponían a partir, por más que le jalaban al pértigo los bueyes se negaban a dar un sólo paso, pero si le estiraban hacia atrás sí caminaban con facilidad. O sea, si los bueyes eran jalados hacia el interior de la iglesia se movían con rapidez, pero si los arrieros los obligaban a moverse hacia afuera, no se querían ni mover. Entonces los hombres le jalaban y le jalaban hasta que el pértigo se rompió. Para poder arreglar la carreta tuvieron que volver a bajar las cajas y entonces la caja que portaba la escultura de la Purísima Concepción se hizo muy pesada —no deseaba que la bajaran de la carreta—, mientras que la caja de la imagen del Santo Entierro se hizo muy liviana para que sí la pudiesen bajar.

Cuentan que eso sucedió un jueves de la Ascensión, hace más de 325 años, y fue la señal para que las autoridades eclesiásticas decidieran dejar al Santo Entierro en Alaquines para siempre. Desde entonces la fiesta se celebra el jueves de la Ascensión y es la más animada en la ciudad más pintoresca de toda la Región Media.

DOS CUEVAS ENCANTADAS

Las cuevas son escenario de mitos y leyendas en el folklore universal. Suelen estar asociadas a fabulosos tesoros, a espíritus buenos o malos, guarida de humanos o animales feroces; también son centros mágicos de culto o religiones paganas y, algunos casos, se cree sean la entrada a mundos fantásticos. Por el misterio que las rodea, en muchas ocasiones se dice que están encantadas y al entrar e ellas se vive una paradoja temporal, es decir, alguien puede estar adentro algunos minutos, pero en realidad pasan días, meses o años, o bien, cree haber estado allí mucho tiempo y al salir ya es viejo, pero en el mundo cotidiano han pasado minutos solamente.

Cuentan en Alaquines de una cueva que se encuentra cerca de un lugar que conocido como La Puente. Esa cueva está encantada, según afirman las personas que han tenido el arrojo de meterse. Nadie en su sano juicio se mete solo, lo hacen en grupo porque tienen miedo de que se cierre la entrada y quedarse adentro, como ha sucedido desde tiempos remotos, según las pláticas que se han transmitido de generación en generación. Cuando entran los aventureros o exploradores, llevan cadenas o cuerdas y todos enlazados entre sí, o bien, haciendo "mano cadena".

Algunas leyendas de origen antiguo afirman que esa cueva se cierra en Jueves Santo. O sea, si alguien se mete en Jueves Santo y no sale a cierta ahora, la entrada se cierra y la persona o las personas habrán de quedarse adentro por todo un año hasta que se vuelva abrir la entrada. Cuentan de gente que se perdió todo en el interior de esa cueva, aunque cuando salieron ellos pensaron que nada más estuvieron unos minutos adentro. Por eso dicen que es una cueva encantada.

Existe otra cueva por los rumbos de La Cañada y, dicen, también está encantada, pero por causa de un tesoro muy grande que enterraron los ladrones. Según se cuenta, hace muchísimos años unos hombres que tenían una gavilla asaltaban los trenes y las haciendas y las riquezas las repartían entre sí, pero la mayor parte la escondían en una cueva cerca de La Cañada. Como ahí los hombres mataron a otros compañeros para que sus ánimas cuidaran los tesoros, la cosa mala* se apoderó de todo y ahora tiene encantada esa cueva. Dicen que el que entra, de ahí no sale. También dicen que si alguien se asoma a la cueva ve muchas riquezas y oye una voz que dice "todo o nada". La persona se da cuenta de que no podría sacar todo y por eso prefiere irse, pero como la cosa mala ya está apoderada de ahí, le cierra la entrada dejándolo atrapado para siempre. Mucha gente afirma que así se han perdido muchas personas que se metieron a la cueva con la ambición o la visión del tesoro y no volvieron a salir jamás.

Existen pocas referencias de este lugar antes de su fundación colonial en 1616, cuando se le llamó de San José de los Montes Alaquines, cuando los misioneros establecieron una misión para apaciguar a los alaquines, una tribu relacionada con los xi'oi (pames). En 1830 pasó de ser villa a ciudad con el nombre de Alaquines y se le asignó la categoría de cabecera municipal. De 1832 a 1834 se le llamó Villa de Moctezuma.

Sus nombres históricos tienen varios orígenes: San José, por el santo patrón asignado por los misioneros. De los Montes, por las serranías aledañas. Alaquines, por la tribu local que pertenecía a la familia lingüística de los xi'oi y su principal núcleo poblacional fue en esta región. Moctezuma, por el general Esteban Moctezuma, quien nació en 1779 en el rancho Las Tortugas, perteneciente a este municipio.

---

* Cosa mala: forma popular de referirse al demonio.

CÁRDENAS

TÚNELES Y TESOROS EN LA EX HACIENDA DE SAN NICOLÁS

Los relatos de túneles son comunes en cualquier pueblo o ciudad y se dice que corren de la iglesia a algunas casas antiguas. En algunos casos han sido encontrados, mientras que en otros son leyendas sin sustento hasta que son descubiertos. A los túneles, por otra parte, generalmente se les asocia con tesoros, porque la creencia señala que en el pasado sirvieron para resguardar riquezas.

Cuentan que en la esquina de donde estaba el kínder Bocanegra hay una entrada al túnel que corre por varias partes de Cárdenas. Se dice que en la época cuando la hacienda de San Nicolás estaba en apogeo, los hacendados construyeron una serie de túneles a muchas partes de la comunidad que había crecido alrededor del casco de la hacienda misma. Algunas personas han explorado algunas ramificaciones en busca de tesoros y se sabe de algunos casos en que alguien haya encontrado dinero. En cuanto al túnel, al parecer no han sido descubiertas todas las salidas porque supuestamente algunos tramos se han derrumbados, quizá debido a la vibración de los trenes.

Otras personas cuentan que en los terrenos donde construyeron el hospital de Cárdenas, antes de que fuera hospital hallaron una paila llena de centenarios de oro. Según se dice, un hombre andaba una tarde escarbando con una máquina para hacer su casa y, sin proponérselo, descubrió una ramificación muy estrecha del túnel cuando el cucharón del trascabo rompió parte de la bóveda del techo. Echó la máquina en reversa y se dio cuenta de que había un hoyo. Con el mismo trascabo siguió removiendo la tierra hasta que sacó la paila con las monedas de centenarios.

Se dice que cuando alguien encuentra una relación es obligatorio que dé aviso a la Secretaría de Gobernación, el hombre así lo hizo y gente de México vino a dar fe del hallazgo, levantar un acta y contar el dinero; en Gobernación se quedaron con una mitad –algo así como lo correspondiente a los impuestos– y la otra mitad se la entregaron a su descubridor con la condición de que construyera un hospital similar al de Rioverde. Y sí lo hizo.

La historia cuenta que Cárdenas era antiguamente una hacienda muy grande e importante y los hacendados poseían enormes riquezas, al grado de siempre hacer sus pagos con monedas de oro, pero cuando llegó la Revolución a este rumbo, los carrancistas –que eran muy ladrones– se dispusieron a robar la hacienda, pero los hacendados ya habían escondido todo su dinero en muchas partes: arrojaron bolsas llenas de monedas en algunas norias, enterraron cajas por ahí, metieron otras cajas en algunas paredes por allá, y algo se han de haber llevado con ellos para tener liquidez. Entonces se cree que por tal razón han encontrado muchos tesoros en Cárdenas. Pero nadie sabía de esa ramificación angosta del túnel ni de la paila hasta que apareció gracias a la máquina que estaban metiendo para hacer los cimientos de una casa.

La fundación de este lugar fue en 1613 como hacienda propiedad de Luis de Cárdenas, quien la nombró La Ciénega de San Nicolás de Cárdenas y hasta 1790 perteneció a la Villa de Alaquines. Años más tarde adquirió la categoría de villa y luego, en 1929, la de cabecera municipal gracias al desarrollo ferrocarrilero.

Sus nombres históricos tienen diversos orígenes: Ciénega, porque ahí había una ciénega; San Nicolás, debido a que la hacienda tenía a la imagen de este santo como su protector religioso, y Cárdenas, en memoria del hacendado Luis de Cárdenas.

NO ERA UN FANTASMA

Nadie sabe con certeza si las apariciones fantasmagóricas son misterios inexplicables o engaños de la mente provocados por el miedo. En muchas partes cuentan historias similares de una mujer que aparece por las noches tal o cual carretera, camino vecinal o brecha. Según se dice, es una mujer salida de la nada, quien está parada junto al camino, el conductor no se detiene pero se espanta al darse cuenta de que ella va sentada en el interior del vehículo, aunque metros más adelante se esfuma tan misteriosamente como se subió. Eso les ha ocurrido a muchas personas que transitan por rutas desiertas en la noche, y quienes han tenido una experiencia así aseguran que por ese rumbo asustan. Sin embargo, existen relatos que sugieren lo contrario.

Cuentan en Cerritos que un taxista solía decirles a sus amigos: "Las leyendas son leyendas y la gente las cuenta para entretener a los demás, para asustarlos o para participar en una plática". Ese hombre siempre estaba disponible para llevar pasajeros a donde le pidieran, aunque fuera a las comunidades que antes sólo se llegaba por caminos de terracería, como hacia los rumbos de San José, pues para él los fantasmas son creencias y las supuestas apariciones son artificios de la mente causados por el miedo, como puede ser la sensación de temor que uno siente cuando va por un camino solitario envuelto en la oscuridad.

Una noche, estaba el taxista esperando algún pasaje afuera de la parada de autobuses cuando llegó uno proveniente de San Luis. Los últimos en salir fueron tres hombres que le preguntaron al taxista si los podía llevar a El Tepozán. Se pusieron de acuerdo en el precio del servicio y se fueron.

Eran como las 10:00. Durante el largo y pozudo trayecto de terracería, uno de los ingenieros sacó el tema diciendo que supuestamente por ese camino –entre Cerritos y El Tepozán– salía una bruja y que para cuando uno menos se lo imaginaba, ya estaba ella trepada en el carro.

Como a las 11:30, el taxista dejó a sus pasajeros en El Tepozán y de inmediato regresó a Cerritos. Se fue muy pensativo por la plática de la bruja o mujer que se aparece en la noche. Puso el radio a todo volumen y manejó rápido, pues sentía temor, aunque no quisiera admitirlo. En eso, a lo lejos vio que del camino venía saliendo una mujer vestida de blanco y pensó: "¡Ah, caray, ahí está la vieja que se sube a los carros!". Le metió el pie al acelerador. Al irse aproximando notó que la mujer movía su mano como haciéndole la parada. "¡Ya me tocó la de malas!", pensó. Como no se le ocurrió nada mejor, se puso a rezar en voz alta.

Cuando pasó cerca de donde se hallaba la supuesta persona, advirtió que no era una mujer vestida de blanco sino una vaca que estaba paciendo a un lado del camino y como estaba moviendo la cola, ésta parecía la mano de alguien haciendo la parada. A partir de entonces, el taxista contaba a sus amigos que de no haber visto a esa vaca, se hubiera ido asustado y también sería de los que dicen que por ese rumbo espantan, pero como se cercioró de que, efectivamente, era una vaca, no tiene miedo de manejar por allá en las noches.

Se cree que a mediados del siglo XVII, un capitán llamado Martín Turrubiates fue el primer poblador del llamado Rancho de San Juan de los Cerritos. Hasta 1826 fue ascendida a villa con el nombre de Villa de Cerritos. El título de ciudad y cabecera municipal se le concedió en 1859, con el nombre actual.

Sus nombres históricos se derivan por los cerros que existen en los alrededores y San Juan por el santo patrón de la localidad, cuya fiesta se celebra el 24 de junio.

Ciudad del Maíz

APARICIONES, RUIDOS Y TÚNELES

En todas las ciudades antiguas cuentan historias y también anécdotas relacionadas con túneles o con tesoros. Tales historias se convierten en leyenda con el paso del tiempo, pues al transmitirse de voz en voz, el narrador le va agregando otros elementos, como de fantasmas y de ruidos misteriosos, para que suene mejor.

Ciudad del Maíz es un lugar muy antiguo que tiene grandes mansiones; por eso no es raro que sus habitantes cuenten leyendas de apariciones, ruidos, tesoros, túneles. Por ejemplo, en la parroquia de la virgen de la Purísima dicen que a eso de las siete de la tarde aparece el espectro de una monja por la puerta y camina por todo el pasillo hasta el altar. Quienes la han visto afirman que se hinca a hacer oración y luego regresa sobre sus pasos y justo en el zaguán se esfuma, como si se la "tragara la tierra". Pero como es un ánima, no camina de la misma manera que lo hace la gente, sino que va como flotando en el aire.

También cuentan que en la sacristía se oyen ruidos como si crujieran las maderas, pero ya no existen pisos de madera, pues hace algunos años remodelaron todo el interior. Se sabe que antiguamente el piso de la iglesia estaba cubierto de madera y al quitarla para poner mosaico taparon la entrada a un túnel que corre por muchas casas importantes de la ciudad: pasa por la escuela, pasa por la Casa Barragueña, y dicen que una de las ramificaciones tiene salida el río y otra va hasta la Villa de San José –en la cima de un cerro. Hay quienes aseguran que en los túneles se ven cosas fantasmales y se oyen ruidos horribles.

Se dice que algunas personas saben dónde se ubican las

entradas de algunos túneles y que los han recorrido por el gusto de explorar o en busca de tesoros. Si alguno ha encontrado algo, mejor guarda el secreto para evitar envidias y no tener que dar explicaciones a la ley. Si alguien se hace rico de la noche a la mañana, no faltan las malas lenguas afirmando que se halló un tesoro, o al menos esa era la razón obvia en tiempos pasados, como también lo era por ganarse la lotería, pues hoy en día la riqueza rápida se la achacan al tráfico de estupefacientes.

Cuentan que hace algunos años andaban unos niños jugando futbol en San José y en un momento dado la pelota fue a caer en un hoyo. Se les hizo fácil meterse a sacarla, pero como estaba muy oscuro tuvieron que ir a sus casas por linternas. Entraron de nuevo al hoyo –no sabían que era la entrada de un túnel– y caminaron largo rato hasta que por fin dieron con la pelota. Al ir de regreso observaron que del túnel se abría otra ramificación y la curiosidad les hizo meterse por ahí para ver adónde iba. Según esto, en un hueco en la pared de tierra vieron un cofre con monedas de oro. Salieron corriendo para avisarles a sus papás que habían encontrado un tesoro. Se reunieron los mayores y bajaron al túnel, guiados por los chamacos. Efectivamente, llegaron a la ramificación del túnel y luego hasta el hueco en la pared de tierra, pero no había ningún cofre. Dicen que ese cofre se desapareció porque "al que le toca le toca", y a esos niños les tocaba; sin embargo, como no lo sacaron en el momento justo, se quedaron sin nada.

CURACIONES MILAGROSAS

En todas partes del mundo existen relatos y se han recopilado testimonios de personas que, tras una enfermedad larga o incluso terminal, han sanado de manera milagrosa. En lugares cristianos, este tipo de milagros son atribuidos a Dios o a la fe en Jesucristo. En países católicos existen santos o representaciones de la virgen que cumplen las funciones de sanadores del cuerpo o del espíritu.

En Ciudad del Maíz, la imagen patronal es la virgen de la Purísima Concepción, pero tienen otras figuras religiosas con muchos devotos. Una de ellas es san Judas Tadeo, a quien le hacen su fiesta cada 28 de octubre, pero todo el año recibe visitas y ofrendas por sus milagros concedidos. Cuentan, por ejemplo, de una señora conocida como doña Chonita que estaba muy enferma y se encomendó a san Judas, aunque otras personas le decían que mejor se encomendara a la virgen de la Purísima. Estaba ella en su lecho de muerte y hasta llegó el padre a ponerle los santos óleos. Estaba el padre rezando cuando doña Chonita abrió sus ojos y se encomendó a san Judas y dicen que se vio una luz muy fuerte y se levantó ella, se levantó y se alivió para seguir viviendo con buena salud.

Otro ejemplo de curaciones milagrosas en Ciudad del Maíz explica lo que le sucedió a una mujer de Jacarandas. Estaba ella muy enferma y pidió que llamaran al párroco. En poco tiempo el padre llegó y la vio tan mal que de inmediato la santoleó, pero no la pudo confesar porque la pobre mujer ya no podía ni hablar. Después de ponerle los santos óleos regresó él a la parroquia. En eso llegó a visitar a la señora enferma una amiga suya que vive en Tambaca y la encontró en su lecho de muerte. Esa mujer le pidió a uno de los hijos de la señora que le trajera un aparato de música. El muchacho no sabía para qué. La mujer sacó de su bolsa un casete y lo puso. En ese casete estaban las alabanzas a la virgen y la señora moribunda escuchó el casete completo, por ambos lados, y así se alivió.

Esa misma tarde llegó a la parroquia una mujer con su chal puesto y el padre pensó que venían a avisarle que la pobre moribunda ya había muerto, pero no, era ella que ahora sí venía a confesarse y llegó caminando por su propio pie. Y ella le platicó al padre que escuchó aquel casete y fue como se encomendó a la virgen de la Purísima y así se salvó de una muerte segura.

La fundación colonial de este lugar fue en 1617, a cargo de fray Juan Bautista Mollinedo, quien la nombró Custodia de Santa Catarina Virgen y Mártir, aunque otra versión afirma que el nombre original fue Purísima Concepción del Valle del Maíz, mismo que aparece registrado en 1749. En 1932 se le cambió el nombre a la ciudad y al municipio por el de General Magdaleno Cedillo, el cual fue revocado en 1950 para darle el nombre actual.

Sus nombres históricos tienen varios orígenes: Custodia de Santa Catarina Virgen y Mártir es dudoso porque la patrona de la localidad es la virgen de la Purísima Concepción; Valle del Maíz, porque toda la región producía grandes cantidades de esta gramínea y en algún momento de su historia se le consideraba el granero de México; General Magdaleno Cedillo, por un ilustre y controvertido cacique regional nacido en el vecino rancho de Palomas, y Ciudad del Maíz, por su historia productiva de este grano.

CIUDAD FERNÁNDEZ

ALGUNOS MILAGROS DEL DULCE NOMBRE DE JESÚS

Las historias, anécdotas o testimonios que hacen alusión a los milagros realizados por una imagen divina no son propios de un pueblo, pues se cuentan en muchas partes del mundo. En México son comunes los milagros de la virgen de San Juan de los Lagos, en Jalisco; los del Santo Niño de Atocha, en Plateros, Zacatecas; mientras que en San Luis Potosí se dice que el santo más milagroso es san Francisco de Asís, cuyo centro de peregrinaje está en Real de Catorce. Sin embargo, en la mayoría de los pueblos se habla de milagros concedidos por las imágenes patronales. Por ejemplo, en Ciudad Fernández muchas personas afirman que el Dulce Nombre de Jesús es muy milagroso, por eso cuando alguien piensa ingresar a los Estados Unidos de manera ilegal consigue una estampita de la imagen para llevarla consigo, pues sabe que ésta le dará protección ante cualquier peligro cuando vaya cruzando el río o el desierto. También dicen que por ser la imagen del Dulce Nombre de Jesús una representación de un niño Dios, siempre ayuda a los pequeños, intercede por los niños cuando están enfermos.

Cuentan que hace varios años atropellaron a un niño en la carretera y quedó muy grave, pues tenía varias fracturas y el cráneo roto. Los doctores y sus familiares sólo esperaban su fallecimiento porque sabían que incluso salvándose, quedaría inválido o en estado vegetativo. Cuando su muerte era inminente, su mamá fue con él a la parroquia y lo tuvo en sus brazos todo el tiempo que permaneció hincada en el altar, encomendándolo a Dios y pidiéndole a la imagen del Dulce

Nombre de Jesús lo mejor para su hijo. El niño no murió: al contrario, se alivió ante la incredulidad de los médicos, ya que después de reponerse de sus fracturas volvió a llevar una vida normal y jamás mostró indicios de daño cerebral.

Pero no sólo ayuda a los niños, sino también a gente buena de cualquier edad. Por ejemplo, otro de los milagros que se cuentan del Dulce Nombre de Jesús fue concedido a una mujer que estuvo a punto de perder todo su patrimonio hace más de cincuenta años. Era una mujer mayor, cuyos hijos ya no vivían en Ciudad Fernández y un sujeto abusivo trató de quitarle sus propiedades a sabiendas que ella no tendría quien la defendiera. Después de un largo y costoso litigio, estaban una tarde en el juzgado y todo parecía indicar que la sentencia iba a ser en su contra. Se encontraba ella sentada en una banca, con sus ojos llorosos mirando hacia el suelo, esperando su turno para escuchar el veredicto cuando en su impotencia y tristeza se encomendó al Dulce Nombre de Jesús y le pidió que intercediera por ella. En eso, alzó la vista y a pesar de tenerla nublada por las lágrimas vio que un niño entró a las oficinas. Se trataba de un niño muy hermoso, vestido con una saya roja y una capita blanca e iba descalzo. Se le hizo muy raro que un niño tan pequeño anduviera solo por ahí y más que lo dejaran entrar a las oficinas del juez, pero por su preocupación no pensó más en el asunto.

Pasaron varios minutos de larga tensión y la pobre mujer seguía llorando en espera de lo peor. En eso salió una persona de la oficina y le pidió que pasara al juzgado. En el interior estaban reunidos el juez, sus ayudantes y los abogados de ambas partes. Con un tono solemne, el juez leyó un documento y al terminar le dijo lo siguiente, en un tono comprensible: "Mire, señora, sabe qué, usted ganó el juicio porque la persona que quería quitarle sus terrenos midió mal y haga de cuenta que se quería adueñar hasta de la banqueta. Entonces, hemos dictaminado que usted es la legítima dueña de sus propiedades y esa persona tendrá que pagar los daños y perjuicios causados por su demanda y usted no tiene ni por qué preocuparse de pagarle a sus abogados, pues el demandado ha quedado con la obligación de hacerse cargo de esto".

Al concluir la audiencia, ella se dirigió a la parroquia para darle las gracias a la santa imagen patronal y ahí fue cuando cayó en cuenta de que el niño que había visto en el juzgado era nada menos que el Dulce Nombre de Jesús, quien se había transfigurado en carne y hueso para interceder en su favor ante el juez.

TÚNELES Y TESOROS

Como ya hemos mencionado, los túneles son objeto de leyenda y especulación en muchos pueblos y ciudades hasta que se convierten en realidad cuando son descubiertos. Asimismo, los túneles son idóneos para las leyendas de tesoros en muchas partes de México, como en Ciudad Fernández donde, se dice, hay túneles que corren hasta Rioverde y también túneles que van a las haciendas de San Diego, la de El Jabalí, la de El Refugio y la de San José de Gallinas. Se supone que es un túnel muy amplio por donde la gente y los hacendados se desplazaban a caballo de un lugar a otro sin que fueran emboscados por los asaltantes, los carrancistas o, más adelante en el tiempo, por los cedillistas. También se dice que todas las parroquias y los cascos de haciendas de la región están comunicadas por el mismo túnel, aunque a través de diferentes ramificaciones.

De la parroquia del Dulce Nombre de Jesús, de Ciudad Fernández, dicen que la entrada del túnel estaba a un lado del altar, pero fue cubierta cuando remodelaron y cambiaron

el antiguo piso de madera por el de mosaico que existe ahora. La parroquia tenía sus accesos porque allí el párroco ordenó esconder todas las imágenes y las cosas de valor cuando
las diferentes guerras, como la Revolución o la Cristera.

Dicho túnel tiene también el túnel salidas en algunas casas antiguas y, por tal razón, se dice que en esos lugares debe
haber tesoros ocultos, pues cuentan que donde hay dinero
enterrado arden llamaradas o se oyen ruidos. Corre el rumor
de que en algunas casas han escarbado en pos de tesoros e
incluso cuentan de una donde los buscatesoros hablaron con
la dueña y le pidieron permiso de escarbar a cambio de compartir con ella una parte del dinero que hallaran y, además,
de arreglarle el piso cuando terminasen, pues el piso de esa
casa era de ladrillo y ellos ofrecieron ponerle uno de mosaico. Esas personas anduvieron varios días escarbando por varias partes de la casa, lograron hacer pozos profundos,
metieron detectores de metales y hasta usaron péndulos,
pero lo único que sacaron fueron herraduras y pedacería de
alguna vajilla vieja. Y sí, cumplieron con su promesa y a la
señora le pusieron un piso muy bonito en su casa.

----

*Este lugar fue fundado en 1624, con el nombre de Dulce Nombre de
Jesús, por familias de Rioverde que solicitaron tierras para asentarse
en las cercanías. En 1731 se le conocía como Santa Elena, pero a
partir de 1828 su nombre oficial es Ciudad Fernández, cuando recibió el título de ciudad y posteriormente el de cabecera municipal.*

*Sus nombres históricos tienen varios orígenes: Dulce Nombre de
Jesús, por la imagen patronal, cuya fiesta se celebra el 4 de enero;
Santa Elena, en honor a otra escultura religiosa, y Fernández, como
tributo al general Zenón Fernández, oriundo de aquí.*

LAGUNILLAS

Un milagro de san Antonio

En cualquier parte del mundo cristiano se cuentan leyendas de los milagros de algún santo o virgen. En México hay muchos ejemplos de ellas y las características del milagro presentan infinidad de variantes. Lo mismo sucede en el estado de San Luis Potosí, pues prácticamente en todas las ciudades y pueblos se cuentan historias similares. Un ejemplo es éste de Lagunillas.

Los lugareños saben que Lagunillas se llama así porque en los alrededores hay varias lagunas que raras veces se secan, como la laguna Colorada o la laguna Verde. Sin embargo, hace muchísimos años hubo una sequía muy fuerte y el agua se agotó en todas partes. Los vasos de las lagunas y de las pozas se veían áridos y desolados; el terreno en la superficie reseca tenía un aspecto craquelado. Un día, los pocos habitantes que vivían en esta pequeña ciudad se reunieron para decidir qué hacer. Unos dijeron que sería bueno pedir ayuda al gobierno estatal, pero esta idea fue descartada de inmediato, pues por más ayuda que pudieran mandar de San Luis, lo que faltaba era el agua de lluvia y esa ni el mejor gobernador puede enviarla ni producirla. Otros dijeron que sería conveniente mandar traer a un brujo que supiera hacer llover. La idea sonaba muy bien y fue aprobada por la mayoría; entonces una comisión se fue a buscar a algún brujo a la Huasteca. Mientras tanto, la sequía iba de mal en peor y ya no tenían agua ni para beber.

Una mañana estaban los lugareños en la plaza, muy angustiados y esperando un milagro divino. En eso, a paso lento llegó caminando una viejita quien había tenido un recuerdo y deseaba compartirlo con todos los vecinos. Ella les contó que sus abuelos platicaban de una época ya olvidada cuando hubo una sequía similar y la gente de aquel tiempo organizó una procesión con la imagen de san Antonio. Entusiasmados por esa noticia, pues la fe al santo patrón de la localidad era muy firme y poderosa, todos fueron a pedirle al sacerdote su autorización para sacar de la iglesia la escultura de san Antonio y llevársela en procesión. Sin dudarlo, el párroco aceptó.

Para el mediodía ya habían bajado la imagen de su nicho y todo estaba listo. La procesión salió de la iglesia y se dirigió a la laguna Colorada, que se encuentra a poca distancia del centro de la población. Todos los vecinos fueron uniéndose a la procesión y entre cánticos, música y rezos caminaron hasta la laguna, la cual se veía tan triste como jamás nadie la había visto, como nadie recordaba, ni siquiera esa viejita. Así llegaron todos al vaso reseco y quebradizo de la laguna y cuentan que al momento de colocar la figura del santo justo en el centro, se oyó un ruido muy feo como si se tratara de un temblor, como un rugido que salía del interior de la tierra. La gente se asustó y el padre pidió que rezaran con más fervor. En eso se oyó otro estruendo y de pronto comenzó a brotar el agua otra vez entre una piedra que llaman "la zumbadora". La algarabía fue mayúscula, los sombreros volaron, la música subió de tono, los niños corretearon y luego la gente se hincó para agradecer el milagro. Dos días después, la laguna se llenó y desde entonces ni esa ni ninguna otra laguna se había vuelto a secar.

Sin embargo, el verano de 2006 la laguna Colorada se vació por completo y el vaso quedó yermo. Los lugareños le solicitaron al sacerdote su ayuda y éste le pidió al señor Obispo de Ciudad Valles que viniera a oficiar una misa; él aceptó. Ese día hubo una gran procesión, a la cual asistió todo mundo, pero el milagro no se repitió como en aquella ocasión.

Aquelarres en el río Pinihuán

Cuentan en Pinihuán, y en poblaciones vecinas, que en ciertas noches se ven bolitas de luz que danzan en el aire, flotan a lo largo del río Pinihuán, se detienen brevemente en las pozas hasta concentrarse en la cascada mayor, la Lloviznosa donde descienden ligeramente a la parte baja. Ese misterio de las bolitas luminosas es una plática que tiene muchísimos años porque los ancianos recuerdan que sus abuelos contaban que, desde la época anterior a la llegada de los españoles, o sea cuando los xi'oi (pames) eran los amos y señores de estos territorios, ya se sabía que en ciertas noches los espíritus naguales de los muchos chamanes de los alrededores hacían sus reuniones o aquelarres en un lugar mágico para ellos, el pie de la Lloviznosa.

En el lugar donde viven esos chamanes, sean hombres o mujeres, hacen unos pases mágicos que sólo ellos conocen: se quitan los ojos, se los cambian de posición –en algunos casos viendo hacia dentro y en otros casos viendo hacia los lados como si estuvieran pispirindos o hacia el interior como si estuvieran bizcos– y de esa manera se transfiguran en el animal de su afinidad. Cuando ya están convertidos pueden trasladarse al lugar donde se van a reunir con sus colegas brujos y brujas de la región. Al llegar al río Pinihuán los humanos convertidos en animales, que pueden ser tecolotes, coyotes u otros, como jaguares cuando vienen de la Huasteca, toman un poco de agua de manera ritual y es justo en ese momento cuando se transforman en las bolitas de luz, siendo así únicamente como pueden manifestarse en la reunión porque si lo hicieran como animales naguales no entenderían el lenguaje de los otros.

Según se cuenta, hace muchísimos años, en un lugar llamado La Reforma en la sierra rumbo a Aquismón, vivía una mujer de nombre Casimira quien sabía de magia y conocía la manera de transfigurarse en su animal nagual. Casimira les enseñó a sus hijos esas artes y de ella se sabe que se reunía con otros brujos en ocasiones especiales en el río Pinihuán, en la Lloviznosa porque era el punto más mágico para todos ellos y siempre ha sido y siempre seguirá siendo porque personas en la actualidad cuentan que cuando han ido a acampar o a explorar por aquellos parajes y les cae la noche, en ciertas ocasiones han visto esas bolitas de luz que descienden tranquilamente como flotando y llegan a la parte baja de la Lloviznosa, se mueven alrededor como danzando, se juntan y brincan, y es así que se sabe desde la antigüedad que los brujos y brujas xi'oi y tének están reunidos.

El descubrimiento hispano de estas tierras fue a mediados del siglo XVI cuando los frailes franciscanos Bernardo Coussin y Juan de San Miguel exploraron la zona para establecer misiones, siendo Juan de Cárdenas quien fundó la de Pinihuán hacia 1607. La de San Antonio de Lagunillas fue fundada por fray Juan Bautista Mollinedo el 6 de julio de 1617. En abril de 1830 la Villa de Lagunillas recibió el título de cabecera del municipio libre.

Su nombre original es en honor a san Antonio de Padua, el santo patrono de la localidad, cuya fiesta se celebra el 13 de junio. Lagunillas se deriva porque en los alrededores existen muchas pequeñas lagunas y pozas que siempre tienen agua.

RAYÓN

LA CAMPANA PERDIDA

Las campanas, como las conocemos, llegaron a nuestras tierras con la colonización, cuando los misioneros y frailes las colocaron en los campanarios de los templos que construían. A las campanas se les asocia principalmente con los rituales litúrgicos y su función primordial ha sido la de convocar a la feligresía a los eventos religiosos o seculares. En un uso más extendido, han servido para llamar a las armas y para festejos.

Cuentan que en la antigua misión de San Felipe de los Gamotes tenían una campana de oro muy grande. Cuando todos los objetos religiosos fueron trasladados a Rayón, a la ahora parroquia de la virgen del Refugio, unos indígenas estaban encargados de transportar esa campana; la traían a tracción de bueyes. Salieron muy temprano de San Felipe y tomaron el antiguo camino real que cruza parajes serranos. Cuando cayó la tarde, se detuvieron a descansar para poder reanudar su trayecto en la madrugada y así llegar con la campana a Rayón. Sin embargo, al despertarse antes del amanecer, cuál no sería su sorpresa de ver que la campana había desaparecido. Los bueyes sí se encontraban en su lugar y la demás carga seguía intacta; sólo faltaba la campana. Uno de los hombres fue a Rayón a dar aviso a las autoridades eclesiásticas y también a la policía, mientras que los otros se quedaron cuidando el resto de la carga y esperando un milagro que nunca se dio: la reaparición de la campana. Al arribar, las autoridades hicieron sus pesquisas y llegaron a la conclusión de que no existía poder humano que pudiera haber robado esa campana sin llevarse a la yunta que la cargaba. Así permaneció para siempre ese misterio sin resolver.

Dicen muchas personas que en esos parajes a ciertas horas

de la noche se oye que suena la campana. Algunos han tratado de ubicar el sitio donde repica, pero no han dado con él. Según cuentan, aquellos indígenas dejaron una señal en el punto exacto donde se desapareció la campana –cerca de un lugar que le llaman La Quemada–, y supuestamente es un sitio donde crece un huizache que tiene un aspecto caprichoso. Se dice que algunos aventureros y buscatesoros han llegado hasta ese huizache y han tratado de buscar la campana de oro, han excavado, han utilizado detectores de metales, pero no la han hallado. Esas mismas personas afirman que a determinadas horas nocturnas han oído el doblar de la campana perdida y por eso están seguros que debe de encontrarse por ahí. Aunque una cosa también es cierta, de acuerdo con estas pláticas: no todos la oyen.

Otra versión dice que, en aquellos años, en San Felipe de los Gamotes vivían solamente los xi'oi, por lo tanto es posible que éstos no estuvieran conformes de que les fueran a deshacer su templo y llevarse las campanas a Rayón y por eso ellos mismos la robaron, o mejor, ellos la enterraron. Esa versión menciona que había tres campanas, pero sólo una era de oro y era tan grande que en ella cabía una persona adulta.

En 1617, los frailes de la orden franciscana Juan Bautista Mollinedo y Juan de Cárdenas fundaron la misión de San Felipe de los Gamotes. En 1828, la misión fue trasladada a territorios pertenecientes a la hacienda de Amoladeras (que se extendía hasta San Ciro de Acosta) donde ahora se ubica la ciudad de Rayón, y se le llamó Villa de Nuevo Gamotes. En 1857 se le asignó el nombre de Rayón y desde 1869 es cabecera municipal.

Sus nombres históricos tienen diversos orígenes: San Felipe, por el santo patrón asignado por los misioneros franciscanos; Gamotes, porque abundaban los venados, y Rayón, en honor al héroe de la Independencia, Ignacio López Rayón.

RIOVERDE

UN VAMPIRO

El vampiro es un motivo muy conocido dentro del folklore de los países eslavos, como Rumanía, Bulgaria y Hungría, donde en verdad se cree en la existencia de los muertos vivientes que se transforman en vampiros para atacar a sus víctimas, a quienes les extraen la sangre. Los relatos de vampiros como seres reales o de leyenda llegaron a México gracias a Drácula, el famoso personaje de la literatura y el cine, y por ello pueden ser catalogados dentro de la categoría de leyendas y relatos modernos o contemporáneos, como veremos a continuación.

Hace pocos años, en Rioverde se corrió la voz de que en las noches salía un vampiro. Todo mundo hablaba de eso y hasta parece que algunos periódicos publicaron notas y testimonios al respecto. Fue más o menos en la época del famoso chupacabras, que aquí también se rumoró de su existencia, pero lo del vampiro causó más revuelo.

Todo empezó cuando unas muchachas habían estado con sus novios en la plaza como hasta eso de las 10:30 de la noche y regresaron a sus casas caminando. La calle se encontraba desierta en ese momento cuando de pronto vieron que algo venía volando en el cielo y les pasó encima de sus cabezas. Por el susto gritaron y se fueron corriendo. Varias personas salieron de sus hogares para ver qué ocurría y ahí quedó la cosa. Ellas sólo dijeron que habían visto como un pájaro enorme y oscuro volando esa noche.

Dos o tres días después fue cuando se comenzó a hablar del vampiro como una aparición propiamente dicha. Esto sucedió una noche que estaban dos enamorados en un paraje solitario y, de repente, oyeron un ruido muy feo, como un graznido o un chillido que los asustó. Voltearon a ver hacia el cielo y distinguieron una sombra como si fuera un pájaro muy grande que venía volando hacia ellos. Les pasó tan cerca que al muchacho le tumbó la cachucha que traía puesta; al revisarla, la cachucha tenía rasguños, como si las garras de un pájaro hubieran tratado de sujetarla. Muy asustados, los jóvenes se alejaron de ahí y luego platicaron lo ocurrido. Sin poder explicar exactamente qué habían visto, dijeron que era algo así como un vampiro.

A la noche siguiente, otra pareja tuvo una experiencia similar. Estaban ellos bajo un árbol afuera de una escuela y oyeron un ruido muy extraño. Miraron a todas partes y no había nadie por ahí en ese momento. Aunque se asustaron un poco, no le dieron mucha importancia y siguieron platicando. El ruido volvió a oírse y en eso se dieron cuenta de que venía de la copa del árbol. Se fijaron bien y vieron un pájaro de color negro, demasiado grande para ser un cuervo o un zopilote; sus ojos eran de color rojo brillante, como de tizones encendidos. Chilló de nuevo, extendió sus enormes alas y se alejó volando y chillando. La pareja corrió despavorida. Un hombre que estaba en la puerta de una tienda los vio y les preguntó qué les ocurría. Ellos le explicaron que habían visto al vampiro. El señor dijo que también había oído ese chillido y luego había divisado una sombra volando en el cielo.

Así se fueron consignando más casos de un ave de color muy oscuro y ojos grandes que echaban chispas, la cual volaba por las noches produciendo ruidos espeluznantes. De tal modo se corrió la voz por doquier que se trataba de un vampiro. No se reportaron casos de gente que haya sido atacada directamente por la criatura, aunque en las orillas de la ciudad aparecieron cabras y becerritos muertos y desangrados, con mordidas en el cuello. Nunca se supo si habrá sido el vampiro o el chupacabras; jamás se dio una explicación convincente por cuenta de las autoridades o de los testimonios.

Dado que el asunto del vampiro tomó un giro inesperado, pues mucha gente comenzó a decir que sólo se les aparecía a las parejas indecentes, no faltaron los bromistas que aprovecharon la oportunidad para, a su manera, moralizar a la sociedad o simplemente para divertirse a costas de otros. Se supo que varios amigos compraron capas negras con fondo rojo, se vestían todos de negro, se pintaban el rostro de color blanco y andaban por las calles asustando a los transeúntes, en particular a las parejas. Cuando encontraban a una pareja en un lugar oscuro, se paraban frente a ellos, gritaban y extendían la capa, como si fuera Drácula. Este chiste terminó cuando a varios de esos bromistas los agarraron otros muchachos y les dieron una buena paliza. Sin embargo, lo del verdadero vampiro, o lo del extraño pájaro enorme o lo que haya sido, continuó en voz de todos por varias semanas más, pues mucha gente siguió diciendo que lo habían visto volar por tal o cual lugar.

LA PASTORCITA

A 30 km de Rioverde se localiza La Pastora, una pequeña población que atesora un templo levantado a mediados del siglo XVIII, el cual tiene magníficos retablos de estilo barroco y la imagen de la Divina Pastora, de origen sevillano, cuyo culto está muy extendido en lugares de España y Latinoamérica. De esa imagen existen muchas leyendas antiguas y recientes, una de las cuales cuenta que a las pocas semanas de haber sido traída, el sacerdote encargado de este templo después de la última misa acostumbraba cerrar las puertas personalmente. Un día se percató de que no estaba la imagen de la niña de la Divina Pastora. Se alarmó mucho, tocó las campanas y toda la gente del pueblo, que era muy chiquito, de inmediato llegó sabiendo que algo extraño había sucedido, pensando algún accidente o algo peor. El sacerdote les explicó que la imagen de la Divina Pastora había desaparecido. Una vecina, sin embargo, dijo que había visto que una niñita andaba jugando en la calle y no sabía quién era. El sacerdote salió a la calle y enfrente del atrio, efectivamente, vio que andaba una niña jugando con otros niños. Era la Divina Pastora, habiendo sido su primer milagro el de transfigurarse en un ser humano de carne y hueso.

Así hay muchas otras historias que se han contando de generación en generación de la niña de vestidito blanco que se sale de la iglesia, sale a jugar a la calle con otros niños, sale a caminar al pueblo para ver que esté todo en orden y que no pase nada malo a su gente. Los mayores que ven a la niña saben que es la Divina Pastora, pero los niños que no saben y juegan con ella, cuando llegan a casa cuentan a sus padres o abuelos que estuvieron jugando con una pastorcita que les cuentan historias.

Hace algunos años fue necesario cerrar el templo por trabajos de remodelación, pero la gente de todos modos decía que aunque la puerta estuviera cerrada, en ciertas ocasiones veían a la pastorcita en la plaza jugando con los niños y contándoles cuentos.

Las primeras crónicas españolas consignan que los misioneros franciscanos Bernard Coussin y Juan de San Miguel llegaron a estas tierras en 1584, pero la fundación de Rioverde es atribuida a fray Juan Bautista de Mollinedo y a fray Juan de Cárdenas, en 1617, quienes bautizaron a la misión como Santa Catarina de Rioverde. Hasta el año de 1827 recibió el título de ciudad y poco después el de cabecera municipal.

Los orígenes de sus dos nombres se deben, por un lado, a Santa Catarina, en honor a la patrona religiosa de la localidad, cuya fiesta se celebra el 25 de noviembre, y Rioverde por el río que irriga gran parte de la Región Media.

SAN CIRO DE ACOSTA

UN CHARRO NEGRO

El charro es un personaje típico del folklore mexicano. Aunque, al parecer, tiene su origen en Salamanca, España cobró notoriedad a partir del emperador Maximiliano I de México, quien solía vestir con ese atuendo. En pocos años se instaló en el folklore nacional. Por su parte, las historias fantasmagóricas de charros vestidos de negro son también muy mexicanas, pues se cuentan en muchas regiones del país. Como motivo de leyendas, el charro vestido de negro es relacionado con la maldad o con el Diablo.

En San Ciro de Acosta se cuenta que hace muchos años, cuando el pueblo era pequeño y había pocos habitantes, vivió allí un bandolero que se convirtió en una especie de cacique gracias al tanto dinero que robó y al temor que le tenían los lugareños. Era un hombre de mal aspecto, mal encarado, mal amigo y no sólo por eso toda la gente le tenía muchísimo miedo: nadie se atrevía a denunciarlo porque temía que lo matara, pues se le sabía de muchos asesinatos –aunque lo cierto es que también a él le atribuían cualquier muerte que no fuera por vejez o enfermedad. Un buen día, el mal hombre murió y así los habitantes pudieron vivir con mayor tranquilidad.

Como aquel bandolero no tenía herederos, nadie supo a dónde fue a parar su fortuna. Muchos creen que enterró dinero en las casas antiguas que eran de su propiedad, en las cuevas, en las pozas, en los lugares que sólo él conocía. Hay quienes han tratado de buscar alguno de los tesoros de aquel hombre, pero nadie ha encontrado nada.

Décadas más tarde, la gente empezó a decir que a ciertas horas de la noche, cuando todo estaba muy tranquilo en el pueblo, pasaba por las calles un charro negro muy elegante y despedía un olor muy feo, como a azufre. Decían que era el fantasma de un hombre vestido de charro. El miedo original se convirtió en pánico porque cada vez que se aparecía, quien tenía la mala fortuna de verlo caía enfermo. Por el recuerdo de los ancianos del hombre feo y mal encarado, se llegó a la conclusión de que el fantasma de ese charro negro estaba relacionado con aquel bandolero, pues la descripción correspondía al personaje real que había muerto hacía ya bastantes años, y por eso resultaba lógico que su ánima anduviera penando por tantas cosas malas que había hecho en vida. Sin embargo, como había sido un hombre muy malo en vida y al parecer también después de la muerte, en vez de que su ánima anduviese penando en busca de descanso, lo hacía para seguir teniendo amedrentada a la población.

Los años han pasado y en la actualidad todavía se platica que de vez en cuando alguien tuvo el infortunio de ver el fantasma del charro negro por algunas de las calles del centro de San Ciro. Según la conseja popular, si alguien lo ve termina enfermándose y el único remedio contra este mal es una barrida para curarlo de espanto.

Los datos históricos señalan que esta región formaba parte del la hacienda Amoladeras. Su fundación como pueblo fue en 1850 y se le llamó San Ciro de Albercas; tres años después recibió el título de Villa Pedro Montoya. Años más tarde fue elevado a categoría de cabecera municipal y en la década de los años 60 del siglo pasado volvieron a cambiar el nombre por el actual.

Sus nombres históricos tienen diversos orígenes: San Ciro, en honor al santo patrono de la localidad cuya fiesta se celebra el 31 de enero; Albercas, por las pozas que existen en los alrededores; Villa Pedro Montoya, por un cacique regional, según se dice, y de Acosta, tal vez en honor a un ilustre lugareño con ese apellido.

Santa Catarina

EL ORIGEN DE LA HUMANIDAD

Todos los grupos étnicos de México tienen sus propias historias de la creación. Como en el estado de San Luis Potosí habitan tres grupos predominantes –los xi'oi (pames), en la Región Media y pequeños centros de la Huasteca, y los tének (huastecos) y los nahuas en la Huasteca–, cada uno cuenta sus propias versiones de cómo Dios creó al universo y al mundo, las cuales difieren de la versión cristiana.

Cuentan los xi'oi de Santa Catarina que cuando Dios terminó de crear el mundo, les dio vida a los animales y a las plantas, pero sintió que algo le faltaba para redondear su obra. Estuvo pensando un buen rato y de pronto tuvo la ocurrencia de crear a un ser más inteligente que los animales; entonces dio forma a los primeros seres humanos. Varias veces intentó crear a ese ser inteligente, pero en algo le fallaba. Hacía varios de un mismo modelo y no le gustaban; entonces los volvía a moldear, utilizando otros materiales. Finalmente creó a tres hombres iguales que le salieron muy bien. Luego de darles el soplo de vida, les dijo que podían vivir en cualquier lugar de la Tierra y le sacaran provecho. Dios se fue a descansar.

A los tres años, regresó a la Tierra para ver cómo vivían los hombres. Los encontró muy ocupados en sus quehaceres y cada uno hacía cosas distintas. Aunque parecían estar felices, Dios se dio cuenta de que algo les faltaba.

—Díganme, ¿qué les hace falta? –les preguntó.

—Yo quisiera tener un animal que sea listo y me ayude a cazar –dijo uno de ellos.

—Muy bien, déjame traerte un perro que sirva para cazar –dijo Dios. Entonces, de la nada apareció un perro y se lo dio a ese hombre.

—Yo quiero un animal que me lleve a todas partes –dijo el segundo hombre.

—Bueno, entonces voy a regalarte un caballo. Ya hay caballos en la Tierra, pero creo que no los has encontrado –le dijo Dios y le trajo un caballo muy fuerte y bonito. El hombre lo montó y muy gustoso se fue a todo galope.

—Yo quiero una compañera –dijo el tercer hombre. He notado que muchos animales andan en parejas y nosotros no, así que me gustaría tener una compañera.

Dios se quedó muy pensativo por un rato y cayó en cuenta de que, en efecto, no había creado mujeres. Así, en ese momento creó una mujer para el hombre que la había solicitado. A él le quitó un pedazo de su cuerpo, moldeó a un humano con características diferentes y luego le dio energía vital a la mujer recién creada.

Los tres hombres siguieron viviendo su vida muy contentos con sus regalos. El cazador con sus perros cazaba más presas, el jinete iba y venía a todas partes en su caballo y el tercer hombre cultivaba la tierra con su compañera.

Resulta que en una ocasión llovió mucho y estaban los cuatro humanos refugiados en una cueva. La lluvia no paraba y la mujer preparó comida para todos con vegetales y frutas que el hombre traía de lejos en su caballo y también les hizo ropa nueva con las pieles que almacenaba el cazador. Los otros dos hombres sintieron un poco de envidia y dijeron que la próxima vez que vieran a Dios le iban a pedir mujeres.

Así la cosa. Tres años después Dios regresó a la Tierra para ver cómo se sentían los hombres. Les preguntó si querían algo nuevo. El hombre que tenía mujer dijo que estaba muy feliz y no necesitaba nada más. Los otros dos hombres, por el contrario, le dijeron que deseaban mujeres para ellos también.

Dios entonces le quitó un pedazo del cuerpo al perro y con eso creó a una mujer. Luego, al caballo le extrajo una costilla y creó a otra mujer. Así todos quedaron contentos... pero no tanto. Resulta que la mujer creada del perro salió muy enojona y la mujer creada del caballo salió muy tragona.

La única mujer que salió perfecta y de buen carácter fue la que creó del hombre mismo y ella se convirtió en la madre de todos los xi'oi que viven en los estados de Querétaro y San Luis Potosí.

EL DEMONIO ANDA SUELTO

Santa María Acapulco es uno de los núcleos más importantes de la etnia xi'oi, al grado de ser asiento del gobernador tradicional de la región. Existe allí la antigua misión fundada por los evangelizadores franciscanos en 1740. Hace pocos años un incendio provocado por un rayo destruyó gran parte de la construcción y las imágenes religiosas que albergaba, pero fue reconstruida. Los rayos han sido protagonistas de otros incidentes y leyendas que se cuentan en el pueblo. Por ejemplo, hace muchísimos años un rayo cayó en la fachada del templo y solamente destruyó la imagen original de san Miguel Arcángel. Se sabe que era la de san Miguel porque a sus pies está todavía intacta la figura de un dragón.

Esa historia se ha pasado de generación en generación y dice que en aquel tiempo todos vivían en completa armonía, ayudándose entre sí y sin que hubiera envidias o problemas ni entre vecinos ni con gente de otros pueblos. Sin embargo, una tarde soleada, normal, de pronto se dejó venir un viento muy fuerte y las campanas repicaron solas, algo que jamás había sucedido. Eso asustó a los lugareños quienes presintieron que algo malo iba a suceder. En pocos minutos empezó a nublarse de una manera amenazante y algunas personas hicieron rezos o rituales para evitar que se formara una culebra que pudiera destruir la población y los campos de cultivo. No hubo tal culebra, pero sí una fortísima tormenta que azotó con furia; los relámpagos, los truenos y la lluvia duraron más de tres horas continuas. Cuando terminaron aquellas largas horas de angustia, el cielo se aclaró, el agua corrió y la gente salió de sus hogares para ver qué había ocurrido. No hubo destrozos ni tragedias que lamentar, las milpas se beneficiaron, no se perdieron y todo parecía estar en completo orden. Al cabo de un rato, alguien se percató de que un rayo había destruido la imagen en la fachada de la iglesia. Eso fue interpretado en que el Diablo manifestado en un rayo había derrotado esa vez a san Miguel y, cuentan, desde entonces el mal anda suelto en todo el mundo.

Existen dudas sobre quién fundó la misión de Santa Catarina para catequizar a las familias xi'oi que habitaban en los alrededores, si fray Juan Bautista de Mollinedo, en 1617, o el también fraile franciscano Andrés de Olmos, en las mismas fechas, pero a la iglesia se le adjudicó la imagen de santa Catarina Mártir. El título de cabecera municipal lo recibió hasta el año de 1876.

Su nombre se deriva de santa Catarina Mártir, patrona de la localidad, cuya fiesta se celebra el 25 de noviembre.

Villa Juárez

Abrieron una de las puertas del infierno

Bien sabemos que muchas anécdotas pueden convertirse en leyendas con el paso del tiempo, y más si hay un acontecimiento trágico de por medio. Cuando existen testimonios del evento, se registra por lo menos una versión oficial, pero la voz popular tiene otras versiones que tarde o temprano enriquecen la historia para hacerla más dramática.

Un mal día de noviembre de 1972, en el municipio de Villa Juárez ocurrió una de las peores catástrofes jamás registradas en la historia del estado de San Luis Potosí: cuando el mineral de azufre Guaxcamá estaba en pleno apogeo, una tarde explotó. Cuentan que era un sábado y había una boda en el pueblo, por lo tanto muchos invitados estaban en la fiesta. Una buena cantidad de mineros se encontraban en el convite, pero al parecer los del turno de la tarde andaban trabajando adentro de la mina. Cuando ésta hizo explosión, toda la gente que estaba en el exterior alcanzó a huir, pero de los mineros que se hallaban en el interior no se supo nada más; nadie se atrevió a meterse a los socavones de nuevo, ya que cualquier labor de rescate hubiera resultado prácticamente imposible.

El pueblo de Guaxcamá no era pintoresco, tal vez por haber sido construido en la década de los años 50 del siglo pasado, con estilos arquitectónicos modernos para su época. Allí existían casas, oficinas, almacenes, una plaza, una iglesia, una escuela, una cancha deportiva, comercios. Algo muy extraño es que el fuego abrasó el suelo al grado de derretirlo, pero las construcciones no sufrieron grandes daños ni quedaron marcadas por las llamas; pero ya están en ruinas por el abandono.

Son muchas las versiones del porqué estalló esa mina y tal vez nunca se sabrá la verdad. El veredicto oficial señaló que fue debido a un corto circuito, mientras que otras fuentes echaron la culpa a unos mineros desprevenidos que prendieron una antorcha donde había gases acumulados. Lo cierto es que por varios meses, según testimonios de personas de la ex hacienda de Guascamán, de Villa Juárez e incluso de Cerritos, el fuego que salía de la boca de la mina podía verse hasta varios kilómetros de distancia.

Sin embargo, una de las versiones con mayores tintes de leyenda dice que los mineros habían estado excavando en profundidades insospechadas y tuvieron miedo de seguir, pues las rocas sonaban hueco, no eran rocas sólidas y, además, se percibía un olor mucho más fétido que el azufre. Era un viernes y cuando terminaron su turno, los mineros les explicaron a los ingenieros que tenían un mal presentimiento y sería mejor continuar trabajando por otro socavón.

Pero los ingenieros no aceptaron excusas; ellos requerían mayores cantidades de azufre porque la compañía había dado la orden de incrementar la producción. Entonces obligaron a los trabajadores que les tocaba turno aquel sábado aciago a que avanzaran con las labores de extracción. Unos mineros se negaron a bajar a ese punto e incluso amenazaron con hacer una huelga —ellos fueron los que vivieron para contar la tragedia y dar su versión de la historia. Según esto, al momento en que los compañeros que andaban en las profundidades de la tierra y le pegaron con el pico a una roca muy blanda, se abrió una de las puertas del infierno y en ese mismo instante la catástrofe empezó.

SANTA GERTRUDIS

En México son pocas las parroquias que tienen a santa Gertrudis como su patrona; una de ellas es la de Villa Juárez. Nacida en Eisleben, Alemania en 1256, fue una monja benedictina que dedicó gran parte de su vida religiosa a los estudios místicos, por lo que es considerada la patrona de las personas místicas; recibe el apodo de *la magna* o *la grande*. Se cree que su imagen y el culto llegó a Villa Juárez en el siglo XVII con los carboneros que explotaban el carbón de mezquite y siempre llevaban con ellos un estandarte con la imagen de santa Gertrudis para que les diera protección de los peligros inherentes y les evitara cualquier problema o contratiempo. La devoción a santa Gertrudis es parte de la vida en Villa Juárez, como también la devoción es fuerte hacia la virgen de Guadalupe y san Francisco de Asís puesto que se cuentan algunas leyendas de milagros concedidos por el santo o por la virgen.

Cuentan que hace muchos años la producción de carbón bajó considerablemente porque se estaban acabando las poblaciones de mezquite y eso afectó la economía de Villa Juárez al grado de que los hombres comenzaron a emigrar a otras partes en busca de trabajo, dejando a sus esposas con sus hijos en el pueblo hasta que pudieran llevarlos donde ya tuvieran trabajo e ingreso suficiente para mantenerlos. La situación era precaria y el pueblo cada vez tenía menos habitantes.

En una ocasión estaban reunidos varios vecinos en la iglesia discutiendo la situación, proponiendo alternativas como solicitar ayuda al gobierno o esperar un milagro divino. Como estaban frente al altar, se encomendaron a santa Gertrudis, pidiéndole que les ayudara y que el pueblo no quedara abandonado. De pronto, ante la sorpresa de todos rodaron unas semillas de maíz como si hubieran caído del altar. Tanto los vecinos allí presentes como el párroco mismo vieron eso como un mensaje y decidieron sembrar maíz en los campos que parecían infértiles porque ya ni mezquites había. Sin embargo, se volvieron tan fértiles y fue tal la producción que con el tiempo Villa Juárez se convirtió en el granero del estado de San Luis Potosí y ese fue un milagro de santa Gertrudis que así evito que su pueblo quedara abandonado.

Los territorios de lo que hoy es Villa Juárez estaban habitados por los guascamas o guascanes —un grupo étnico emparentado con los huachichiles—, aunque algunas versiones afirman que eran huastecos los que vivían ahí cuando llegaron los primeros españoles, en 1643, y fundaron la congregación de Santa Gertrudis de Carbonera. En 1829 recibió la categoría de villa y meses después se formó el primer ayuntamiento parra crear el municipio, en 1830. Durante la guerra de Reforma se redujo el nombre por el de Carbonera solamente. En 1882, la iglesia subió al nivel de parroquia y en 1890 se inauguró la vía férrea San Luis Potosí-Tampico, lo que trajo un auge a la población. En 1928 se le cambió su nombre oficial por el de Villa Juárez.

Sus nombres históricos tienen varios orígenes: Santa Gertrudis, por ser la patrona de la localidad, cuya fiesta se celebra el 16 de noviembre; Carbonera, porque en los alrededores se explotaba el carbón vegetal a gran escala, y Villa Juárez, en honor a Benito Juárez.

AGRADECIMIENTOS

Para conjuntar un libro de tradición oral es necesaria la materia prima: la voz de la gente, las voces que expresan ideas, que comparten vivencias y recuerdos. El interlocutor es escucha, puede dirigir la conversación, hacer uso del recurso de "plática saca plática", en ocasiones grabar las conversaciones con la anuencia de usar el material recopilado para publicarlo en forma de libro o digital, para después decidir qué hacer con ese material, cómo editarlo y, finalmente, verlo publicado. Gracias a muchas de esas voces, ahora comparto sus pláticas en este libro, y por eso agradezco a las siguientes personas:

- AHUALULCO: Trístan Arvayo.
- ALAQUINES: María Serafina García, empleada de la parroquia, y Nemesio Martínez.
- AQUISMÓN: Miguel Ángel Calixto.
- ARMADILLO DE LOS INFANTE: Virginia Patiño Ramos.
- AXTLA DE TERRAZAS: Fernando Hernández Sánchez.
- CÁRDENAS: Pedro Lira González *el guapazo* y María Serafina García.
- CATORCE: Carlota Cárdenas *doña Carlitos*.
- CEDRAL: Adán Castillo Castañeda.
- CERRITOS: Francisco Sigala y Ramón Turrubiates.
- CERRO DE SAN PEDRO: Armando Mendoza, dueño del Museo El Templete.
- CHARCAS: José Domingo Bernal.
- CIUDAD DEL MAÍZ: doña Lucila, doña Olaya y Vianney Rivera.
- CIUDAD FERNÁNDEZ: Felícitas Hernández, secretaria parroquial.
- CIUDAD VALLES: Mercedes Hervert y Raúl Díaz.
- COXCATLÁN: Celso Orta González.

- Ébano: don Isauro, don Manuel y Enrique Serra.
- Guadalcázar: Ermilo Méndez.
- Huehuetlán: Ariadna Navarro y Estela Miranda García Navarro.
- Lagunillas: Sra. Lupita; Juan Sánchez, de Piniuhán.
- Matehuala: Sixta Alvarado Ramos, Josefina Coronado González y Carmela Alcocer.
- Matlapa: don Artemio.
- Moctezuma: Ascención Medina.
- Rioverde: *La China*; padre Erasmo y don Ramoncito, de La Pastora.
- Salinas: Antonio Alonso García.
- San Antonio: Celso Orta González.
- San Ciro de Acosta: Joaquín Fernández.
- San Luis Potosí: Lupita Gómez, encargada parroquial; Ramiro Cázares, radicado en León, Gto., y Verónica Sáenz.
- San Martín Chalchicuautla: Juan Carlos Hernández, don Samuel y doña Tomasa.
- San Nicolás Tolentino: Esteban Castillo y Héctor Ruiz Castillo.
- San Vicente Tancuayalab: Luciano Argüelles.
- Santa Catarina: Tomás Hernández y Román Acevedo; Juan Martínez Izaguirre, gobernador tradicional en Santa María Acapulco.
- Santo Domingo: Inés Sosa Domínguez.
- Soledad de Graciano Sánchez: Arturo Sánchez y Juan Valente Ibarra.
- Tamasopo: Luis Enrique Martínez Pacheco y Raúl Díaz, originario de San Luis y radicado en Ciudad Valles.
- Tamazunchale: Marcos Sánchez.
- Tampacán: maestro Luis Andrés Martínez Rodríguez.
- Tamuín: Amador Báez Flores, jubilado de Ferrocarriles Nacionales.
- Tanlajás: Alicia Martínez, maestra.
- Tanquián de Escobedo: Celso Orta González.
- Tierra Nueva: Crecencia Govea Salazar.

- Vanegas: Guadalupe Ortiz Muñiz.
- Venado: Olga Lidia Vázquez.
- Villa de Arista: Miguel Méndez Guillén.
- Villa de Arriaga: Juan Cervantes, camposantero.
- Villa de Guadalupe: Antonio Martínez.
- Villa de La Paz: Enriqueta Vázquez y Ricardo Vega.
- Villa de Ramos: Víctor Manuel Núñez.
- Villa de Pozos: Felipe Zapata.
- Villa de Reyes: Fidel Maya, velador, e Ignacio Muriel, de San Luis Potosí.
- Villa Hidalgo: Lucía López Martínez.
- Villa Juárez: padre Erasmo, Alma y Graciela Sánchez; Rosendo González y José Luis Ramírez, de Guaxcamán.
- Xilitla: Yolanda Hernández Madrid, Rafael Hernández Santiago y Carlos Medrano.
- Zaragoza: Blas Alonso.

Es importante apuntar que algunas personas me contaron historias o fragmentos de historias de sus ciudades y también de otros pueblos y de tal modo recreé los relatos a mi manera, con fragmentos de dos o más versiones de una misma historia.

Los datos históricos de los municipios los consulté en Internet, principalmente en la Enciclopedia de los Municipios - San Luis Potosí, y los revisé por última vez en marzo de 2023* en:

http://www.inafed.gob.mx

Por último, un agradecimiento muy especial a quienes les gusta contar y/o leer leyendas. Gracias a ustedes existen libros como éste.

---

* Para febrero de 2023, la página de INAFED cambió a https://www.gob.mx/inafed y, lamentablemente, ya no contiene muchos de los datos de los municipios que aparecían en la versión anterior.